VORWORT

Es ist zu spät: Sie haben dieses Buch in Händen, werden darin schmökern, in die bunte Welt der Redewendungen und Sprichwörter eintauchen – und dann werden Sie sie plötzlich überall hören, diese lustigen Textbausteine, die wir permanent brauchen. Waren die schon immer da? Ja, waren sie. Bloss: Wir nehmen sie kaum wahr. Sie fristen ein ungerechtfertigtes Schattendasein. Und vor allem: Wir benutzen sie sehr oft falsch. Wie das? Sowohl Sprichwörter wie Redewendungen sind fixe Wortkombinationen, die es teilweise bereits seit Hunderten von Jahren gibt – da kann man nicht einfach mixen, wie man möchte, kein Freestyle also. Tun wir aber, beziehungsweise tun sehr viele.

In der freien Wildbahn läuft das dann meist folgendermassen ab: Intensives Gespräch schwingt seinem Finale entgegen, man möchte noch einen knackigen Schlusspunkt hinter das eben Gesagte setzen, kramt in den Hirnwindungen nach dem zutreffenden, möglichst gescheiten Wortgebilde, zieht die vermeintlich richtige Schublade im Kopf, und schon ist eine Konstruktion via Sprachzentrum raus. Bloss: Sehr oft wird dabei gerührt und geschüttelt, und es entstehen kuriose Gebilde aus meist zwei Redewendungen, die zwar Ähnliches bedeuten, in der neuen Kombination aber nicht den erhofften Knallereffekt ergeben, sondern bestenfalls unbemerkt bleiben, allenfalls irritiertes Stirnrunzeln auslösen – oder aber mit einem herzhaften Lacher empfangen werden.

Wie damals die allererste verhauene Redewendung, die ich bewusst wahrnahm: «Der Apfel fällt nicht weit von der Grube, die man sich selber gräbt … So sagt man doch, oder?» Sagt man nicht, nein. Die Kombi war aber so gewagt und spektakulär, dass ich sie sofort aufschrieb (muss man, sonst sind die Neukonstruktionen meist sofort weg) – der Grundstein zu dieser kleinen Sammlung hier war gelegt. Mehr als vierhundert sind es über die Jahre geworden. Viele haben mitgeholfen, arme Opfer, die anfangs noch ahnungslos fragten: «Was schreibst du da jetzt auf?», und nach meiner Erklärung dann auch angefixt waren, nicht mehr weghören konnten und mir herrliche Beispiele lieferten.

Und was soll das Ganze jetzt? Eine kleine Hommage sein an unser wunderschönes Kommunikationsinstrument Sprache, kurzweilig-augenzwinkernde Unterhaltung für die einen, Trost darüber, dass Redewendungen und Sprichwörter auch für andere ein herausfordernder Hürdenlauf sind, eine Sammlung ohne Anspruch auf Vollständigkeit – mit Anspruch aber auf Schmunzler oder vielleicht gar Lacher beim Lesen. Und für einige bestimmt der Beginn einer neuen Aufmerksamkeit. Eine, in der man plötzlich Redewendungen und Sprichwörter hört, echte und schlechte, bekannte und pikante, uralte und urkomische, Varianten und Variationen – und für die kreativsten bleibe ich auch weiterhin dankbarer Abnehmer.

Es ist nie zu spät.

Edi Estermann

REDEWENDUNG ODER SPRICHWORT?

Sprichwörter und Redewendungen sind beides Formen von sprachlichen Ausdrücken, die wir in der mündlichen und schriftlichen Kommunikation verwenden. Der Unterschied:

Sprichwort

Ein Sprichwort ist ein kurzer und prägnanter Satz, der eine allgemeine Weisheit oder eine Lebenserfahrung ausdrückt. Sprichwörter werden oft verwendet, um Ratschläge zu geben, Verhaltensweisen zu beschreiben oder bestimmte Situationen zu charakterisieren. Sie werden teilweise über Generationen hinweg überliefert und sind ein fester Bestandteil des sprachlich-kulturellen Erbes einer Gesellschaft. Beispiel: «Aller Anfang ist schwer», «Morgenstund hat Gold im Mund», «Scherben bringen Glück».

Redewendung

Eine Redewendung ist eine feste Wortkombination oder ein Ausdruck mit einer bestimmten Bedeutung, die nicht immer offensichtlich ist, wenn man die Aussage wörtlich nimmt. Sie wird oft metaphorisch, also bildhaft, verwendet. Redewendungen sind Teil der natürlichen Sprache und werden häufig verwendet, um eine Idee auf eine prägnante und oft kreative Weise zu vermitteln oder zu unterstreichen. Beispiel: «die Katze aus dem Sack lassen», «jemandem die Daumen drücken», «nur Bahnhof verstehen».

Verkürzt könnte man sagen, dass Sprichwörter eher eine allgemeine Weisheit vermitteln, während Redewendungen idiomatische Ausdrücke und oft metaphorisch sind.

QUELLE Duden, Band 11: «Redewendungen und sprichwörtliche Redensarten» | Günther Drosdowski, Werner Scholze-Stubenrecht | ISBN 978-3-411-04111-4 (Ausgabe vergriffen)

«THE BIG FIVE»

Sie tauchen oft aus dem Nichts auf, diese wunderbar falschen Redewendungen: mitten in einem Gespräch mit Kollegen, Freunden, im Radio, im TV, im Zug, bei der Arbeit ... Sie sind überall. Aber sie sind auch schnell wieder weg, wenn man sie nicht augenblicklich aufschreibt. Die meisten habe ich jeweils sofort in mein Handy getippt, viele wurden mir von all jenen zugetragen, die über die Zeit von meiner Macke erfuhren – und selber damit angesteckt wurden.

Claudia zum Beispiel, die mir die herrlichen Konstruktionen ihres Mannes Mauri meist fast schon live via Whatsapp-Sprachnachricht übermittelte, oft mit ihm polternd im Hintergrund: «... aber das kann man so sagen, das ist einfach eine moderne Adaption!» Oder Sebi, der plötzlich eine vollkommen neue Seite an seiner Frau Pascale entdeckte und mir meist noch schallend lachend Bericht erstattete.

Die drei Spitzenplätze werden aber von Italienerinnen gehalten. Das ist nicht weiter verwunderlich, denn kennen Sie irgendwelche Redewendungen und Sprichwörter auf Italienisch? Eben. «Il mattino ha l'oro in bocca»? Gibt es nicht. Einige Sprichwörter und Redewendungen sind zwar tatsächlich international – jede Sprache hat aber ihre eigenen Versionen. Secondas und Secondos gehören deshalb zu den Toplieferanten der spektakulärsten Konstruktionen. Insbesondere Grazia, die sich diesbezüglich als regelrechte Goldader erweist.

Und das sind sie, «The Big Five» mit den schrägsten Redewendungen und Sprichwörtern:

1. Grazia
2. Paola
3. Luisa
4. Mauri
5. Stéphanie

GRAZIA
PAOLA
LUISA
STÉPHANIE
MAURI

Knapp daneben

von 1 bis 444

Der Apfel fällt nicht weit von der Grube, die man sich gräbt.

1 GRAZIA

Kombi von *«Der Apfel fällt nicht weit vom Stamm»*
und *«Wer andern eine Grube gräbt, fällt selbst hinein»*

Darf ich vorstellen: die «Ur-Redewendung» quasi, zu gut, um nicht sofort aufgeschrieben zu werden.

Ich habe den Brei gerochen.

2 GRAZIA

... den *Braten* ...

Grazia heisst die Dame, die diesen verbalen Grundstein gelegt hat – und sie wird uns noch sehr oft begegnen ... Grazie, Grazia – e scusami.

Ja, Grazia hat es kommen sehen, dass noch viele ihrer Konstruktionen Einzug halten werden in dieses Buch.

Er muess jede Tag Projekt i Sand schüsse.*

3 GRAZIA

Kombi von *«etwas in den Sand setzen»*
und *«Projekte anreissen»*

Ein weiteres Grazia-Original: Diese Projekte scheinen nicht so gut zu enden.

* Schweizerdeutsche Redensarten erkennen Sie an der orangefarbenen Hervorhebung.

Du fährst wie ein alter Hund.

4 ANA, DIE FOTOGRAFIN

… *Hase*

Beide fahren nicht Auto, aber der alte Hase entkommt dem Jäger wohl eher als der alte Hund.

Ich rede eben, wie mir der Mund gewachsen ist.

5 ANA, DIE FOTOGRAFIN

… der *Schnabel* …

Anas Antwort auf die Lacher nach dem Auto fahrenden alten Hund, siehe oben.

Er versinkt in der Versenkung.

6 EDITH, DIE SPORTLERIN

Er *verschwindet* …

Fast schon poetisch, diese Adaption.

Das chasch dir an Huet striiche.

7 BEAT VON DER FORMEL 1

Kombi von *«ans Bein streichen»* und *«an den Hut stecken»*

«An den Hut stecken» kommt vom alten Brauch, sich Federn oder bunte Bänder an den Hut zu stecken, also Dinge von wenig Wert. Beine wiederum spielen in zahlreichen Redewendungen eine Rolle. Was ans Bein gestrichen wird, ist wertlos, weil weit weg vom Herzen.

Hesch de Fläck am rächte Härz.

8 NADIA, DAS PATENKIND

Das Herz auf dem rechten Fleck haben

Obwohl das Herz anatomisch gesehen ja eher links ist …

Ich spreche eben aus der Leber.

9 GRAZIA

… *frei von* der Leber *weg*

Sprechende Organe? Nein, das dann doch nicht. Die Leber deswegen, weil sie als «Heimat des Gemütes und der Empfindungen» angesehen wird.

Er ist ein Quereinschneider.

10 GRAZIA

… *Quereinsteiger*

Vielleicht auch ein Aufschneider? Und schneidet die Mehrheit denn eher längs? Fragen über Fragen. Aber hier geht es ja um die Quereinsteiger.

Die waschen auch nur mit Wasser.

11 PAOLA

Die *kochen* …

Darauf würde ich wetten. Geht übrigens darauf zurück, dass arme Leute früher mit Wasser kochten, die besser Betuchten mit Wein und Fleischbrühe.

Ich muss mich an der Nase reissen.

12 GRAZIA

Kombi von *«sich an der eigenen Nase nehmen»* und *«am Riemen reissen»*

Ob nun an der Nase nehmen oder am Riemen reissen: Beides tut weh, Hauptsache, man nimmt sich zusammen.

Alles unter den Tisch gewischt

13 GRAZIA

… *Teppich gekehrt*

Ein Tisch reicht da wohl kaum, liebe Grazia – da muss noch ein Teppich her.

Er liebt ihn abergöttisch.

14 GRAZIA

… *abgöttisch*

Hauptsache, er liebt ihn, oder?

Ich ha si immer a de Ohre gha.

15 DANI AUS STÄFA

Jemandem mit etwas in den Ohren liegen

Ja, die Ohren … Man ist bis über beide Ohren verliebt oder verschuldet, stellt sie auf Durchzug oder auf Empfang, spitzt sie, hält sie steif, zieht sie lang, lässt sie hängen, bläst sie voll, hat es faustdick hinter ihnen, ist noch grün hinter ihnen, zieht ein Fell drüber, schlägt sich die Nacht um sie, schreibt sich etwas dahinter – oder eben: liegt jemandem mit einem Thema in den Ohren.

Er hat dich an den Ohren herumgeführt.

16 GRAZIA

… an *der Nase* …

Es ist die Nase, Grazia, definitiv die Nase.

Im Detail liegt ~~die Würze~~.

17 SILVIA, DIE SCHWÄGERIN

Kombi von *«Der Teufel steckt im Detail»*
und *«In der Kürze liegt die Würze»*

Ohne Kürze reimt sich das aber leider nicht mehr, liebe Silvia. Hingegen muss man wirklich nicht immer gleich den Teufel an die Wand sprayen, äh, malen.

Im Pfeffer liegt ~~die Würze~~.

18 SANDRA, DIE GOLDKÜSTEN-LADY

In der Kürze …

Ja, stimmt eigentlich. Denn wer würzt beim Kochen schon mit der Kürze.

In der Schlichte liegt die Würze.

19 LUISA, DIE STYLISTIN

Siehe oben

Auch nur knapp daneben, liebe Luisa.

~~Ski-~~ und Beinbruch!

20 GINA, DIE NONNA

Hals- und Beinbruch

Da gings wohl zum Skifahren, Gina, und dann ist das okay. Zudem heilt ein Hals definitiv weniger schnell, als man sich einen neuen Ski besorgen kann.

Zwischen ihnen herrscht Windeskälte.

21 GRAZIA

…Eiseskälte

Steife Brise? Schwierige Stimmung? Hoffentlich hat sich das mittlerweile gelegt.

Er schöpft aus vollen Kesseln.

22 PAOLA

Kombi von *«alle Möglichkeiten ausschöpfen»*
und *«aus dem Vollen schöpfen»*

Es wird auf jeden Fall geschöpft, was das Zeug hält.

Auf keinen grünen Punkt kommen

23 PAOLA

Kombi von *«auf keinen grünen Zweig kommen»*
und *«auf den Punkt bringen»*

Da scheint jemand ellenlang rumgeeiert zu haben. Oder hat das gar eine politische Komponente…?!

Dänn flüged d Chelle.

24 MAURI, DER BANKER

Kombi von *«Es fliegen die Fetzen»*
und *«mit der grossen Kelle anrichten»*

Natürlich behauptet Mauri heute noch, dass das bloss eine Adaption und somit richtig sei.

Es ist H~~inz was Ku~~nz.

25 PAOLA

Kombi von *«Es isch Hans was Heiri»*
und *«Hinz und Kunz waren dort»*

Komplett egal, es waren einfach alle da.

Mir standen die B~~orste~~n zu Berge.

26 CLINT, DER TELEKOMMUNIKATIÖNLER

… die *Haare* …

So ein Schweinchen aber auch!

Er nimmt alles für bare M~~ütz~~e.

27 LUISA, DIE STYLISTIN

… *Münze*

Ja, nur Bares ist Rares, äh, Wahres.

Für alle Fälle ge~~waff~~net

28 PAOLA

… *gewappnet*

Ein Colt für alle Fälle? Hauptsache, parat.

Es bl~~itzt und bla~~nkt.

29 MUTTER DES AUTORS

Es ist *blitzblank sauber*

Okay, es scheint wirklich sauber zu sein.

Es ist nur einen Katzenwurf entfernt.

---

30 LUISA, DIE STYLISTIN

Kombi zwischen *«einen Steinwurf»*
und *«einen Katzensprung»*

Also bitte: Wer wird denn mit Katzen werfen?!

Er kann total gut Leute einfädeln.

31 DANIELA, DIE TESSINER FREUNDIN

Kombi aus *«um den Finger wickeln»* und *«etwas einfädeln»*

Durch eines dieser Nadelöhre? Könnte eng werden.

Alle Wege führen nach ~~Hause~~.

32 MENSCHEN IM ZUG

… nach *Rom*

Wunschdenken nach einer durchzechten Nacht? Adaption einer alten Redewendung, die Rom als Mittelpunkt von allem sah.

Ich habe das schon mal zu ~~Boden~~ geschlagen.

33 PAOLA

… zu *Faden* …

Etwas gar gewalttätig … Stammt übrigens aus dem Schneidereigewerbe, wenn man Stoffteile schon mal mit lockeren Stichen provisorisch zusammennähte.

Er dreht total im ~~grünen~~ Bereich.

34 GRAZIA

… im *roten* Bereich

Schön, wenn man gar nicht erst in den roten Bereich gerät, oder? Ein Evergreen von Grazia.

Dein Ohr in Gottes Hand!

35 MENSCHEN IM ZUG

Dein *Wort* in Gottes *Ohr*

Was Gott mit dem Ohr wohl vorhatte?

Die hat aber Holz vor dem Brett.

36 KARINA AUS STÄFA

Kombi von *«Holz vor der Hütte»*
und *«ein Brett vor dem Kopf»*

Imposanter Vorbau bei eher schmächtigem Fundament? Wir reden von Architektur, richtig?

Das Wetter spielte ihnen einen Strich durch die Rechnung.

37 URS, DER TV-JOURNALIST

Kombi von *«spielte ihnen übel mit»*
und *«machte ihnen einen Strich durch die Rechnung»*

Sehr, sehr knapp daneben …

In der Kraft liegt die Ruhe.

38 MENSCHEN IM ZUG

In der *Ruhe* liegt die *Kraft*

Ja, wieso eigentlich nicht mal umgekehrt? Da liegt doch auch viel Philosophisches drin.

Nicht unter die Nase binden

39 LUISA, DIE STYLISTIN

… *auf* die Nase …

Ja, die Nase … Die kommt häufig vor in Redewendungen. Mit der passiert so einiges, gebunden wird aber nicht unter, sondern auf die Nase.

Da ist mir einfach der Nuggi runter.

40 SANDRA, DIE GOLDKÜSTEN-LADY

Kombi von *«der Nuggi raus»* und *«der Laden runter»*

Sehr viel Empörung wohl und deshalb dann die abenteuerliche Mischung.

Auch eine dumme Kuh findet mal eine Eichel.

41 SANDRA, DIE GOLDKÜSTEN-LADY

... ein *blindes Huhn* findet mal *ein Korn*

Da sind Flora und Fauna mächtig durcheinandergeraten. Stimmt, auch dem Unfähigsten gelingt mal was, aber nur die Fähigsten schaffen so eine schöne Kombi.

Er hat alles auf einen Korb gesetzt.

42 SERGIO, DER GOLDKÜSTEN-LADY-EHEMANN

Kombi von *«auf eine Karte setzen»* und *«einen Korb geben»*

Man ahnt, wie es rausgekommen ist, dass da einer alles auf eine Karte gesetzt hat: Es gab einen Korb.

Vor lauter Bäumen sieht man die Affen nicht mehr.

43 SANDRA, DIE GOLDKÜSTEN-LADY

Kombi von *«den Wald vor lauter Bäumen nicht mehr sehen»* und *«ein Wald von Affen»*

«Ein Wald von Affen» stammt übrigens aus Shakespeares Komödie «Der Kaufmann von Venedig».

Er hat ein Mundwerk wie ein Wald voller Affen.

44 MICHELLE, DIE VISAGISTIN

Kombi von *«ein loses Mundwerk»* und *«ein Wald von Affen»*

Das Mundwerk ist entweder lose, böse oder frech – die Kombination mit Shakespeares «Wald von Affen» bleibt ein Mysterium.

Das Auge sieht mit.

45 MENSCHEN IM ZUG

… *isst* mit

Anatomisch gibt es da zwar nichts einzuwenden …

Unter die Nase jubeln

46 DANI AUS STÄFA

Kombi aus *«unter die Nase reiben»* und *«verjubeln»*

Da wird jemandem was vorgehalten und das Ganze dann auch gleich verjubelt – oder so …

Man sollte immer noch einen Triumph im Ärmel haben.

47 MENSCHEN IM ZUG

… einen *Trumpf* …

Tatsächlich, jederzeit einen Trumpf im Ärmel zu haben, wäre triumphal.

Er macht dauernd aus einer Ameise einen Löwen.

48 KOLLEGEN UNTER SICH

… einer *Mücke* einen *Elefanten*

Gut gebrüllt, Ameise – aber die Wandlung geht halt doch von der Mücke zum Elefanten.

Aus einer Mücke einen Bären machen

49 ADRIAN, DER SOLDAT

… einen *Elefanten* …

Die Aussage ist klar: Da wird ein kleines Problem gewaltig aufgebauscht. Aber eben, weder zum Bären noch zum Löwen, sondern zum Elefanten.

Det lauft de Wurm i die ander Richtig.

50 KOLLEGEN UNTER SICH

Wahrscheinlich Kombi von *«ist der Wurm drin»*
und *«weiss, wie der Hase läuft»*

Es läuft zwar – aber schief. Und vermutlich ziemlich langsam …

Dä weiss, wie de Vogel lauft.

51 STÉPHANIE, DIE INNENDESIGNERIN

… der *Hase* läuft

Nur der Hase läuft, Vögel gehören eher nicht zum Fussvolk.

Er ist nicht grad die hellste Kirsche auf der Torte.

52 MENSCHEN IM ZUG

… die hellste *Kerze* …

Leuchtende Kirschen? Herrliches Eigentor, oder?

Du kannst nicht auf jeder Fasnacht tanzen.

53 KARINA, DIE MISSEN-MUTTER

… auf jeder *Hochzeit* …

Hauptsache, es wird getanzt, ob auf Hochzeiten oder an der Fasnacht.

Das schleckt keine Kuh weg.

54 PAOLA

… keine *Geiss* …

Ob Kuh oder Geiss, es schlecken beide fürs Leben gern.

Sie ist mir in den schrägen Hals geraten.

55 PAOLA

Kombi von *«in den falschen Hals geraten»*
und *«einem schräg reinkommen»*

Jedenfalls kam da jemand gar nicht gut an – das darf man auch mal doppelt zum Ausdruck bringen.

Mit der haben sie wohl eine Kopfspülung gemacht.

56 GRAZIA

… eine *Gehirnwäsche* …

Waschen, legen, föhnen? Oder gehts doch mehr in Richtung Psycho-Folter?

Das ist aber fetter Tubak – oder heisst es dicker …?

57 PAOLA

… *starker* Tubak

Herrlich, wenn man beim Zieleinlauf grad noch merkt, dass da etwas klemmt.

Dicke Tubak

58 PAOLA

Kombi von *«dicke Post»* und *«starker Tobak»*

Das mit dem Tobak – oder Tabak – geht auf eine alte Erzählung zurück: Der Teufel hat noch nie ein Gewehr gesehen. Hinterlistig macht der Jäger ihm vor, es sei eine Pfeife, und bietet ihm einen Zug daraus an. Das Ende kann man sich denken.

Ein schwarzer Passagier

59 MYRTA, DIE SCHWESTER

Kombi von *«blinder Passagier»* und *«Schwarzfahrer»*

Nicht rassistisch gemeint – der Passagier hatte einfach kein Ticket. Einer meiner Lieblinge, weil so kurz.

Einer wäscht den anderen.

60 MENSCHEN IM ZUG

Eine Hand wäscht *die andere*

Adaptierte Redewendung aus dem Swinger-Milieu – oder dem öffentlichen Waschsalon.

Der schaut in die Augen.

61 MARC AUS MALLORCA

… die *Röhre*

Schau mir in die Augen, Kleines – und du schaust trotzdem in die Röhre. Heisst: du gehst leer aus.

Das war weder Fuchs noch Teufel.

62 PASCALE, DIE RADIO-FRAU

… weder *Fisch noch Fleisch*
oder: … *Fisch noch Vogel*

Jedenfalls definitiv nichts Eindeutiges – und weil «weder Fisch noch Fleisch» aus der katholischen Kirche kommt und die Menügestaltung des Freitags betrifft, spielt halt auch der Teufel noch ein bisschen mit.

Wie man sich bettet, so schallt es heraus.

63 MENSCHEN IM ZUG

Kombi von *«Wie man sich bettet, so liegt man»*
und *«Wie man in den Wald hineinruft, so schallt es heraus»*

Da scheint jemand ein quietschendes Bett zu haben.

Das Schwert von hinten aufzäumen

64 MENSCHEN IM ZUG

Das *Pferd* …

Ein schöner Versprecher – und eine uralte Redewendung, die auf Martin Luther zurückgeführt wird. Jeder weiss, dass man ein Pferd am Kopf, also von vorne, aufzäumen muss. Wer es von hinten aufzäumt, macht es einfach falsch.

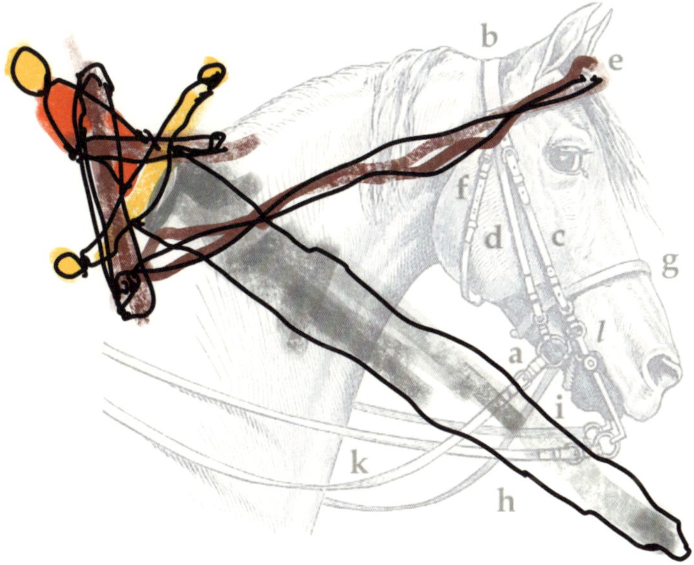

b
e
f
d
c
g
l
a
i
k
h

Einem geschenkten Pferd schaut man nicht ins Maul.

65 MENSCHEN IM ZUG

… geschenkten *Gaul* …

Der gute Reim ist oft die halbe Miete. Ins Maul schaute man übrigens beiden, Gäulen wie Pferden, um anhand des Zustandes der Zähne ihren Wert zu bestimmen.

Gsehd us, wie wenns en Hund i de Schnure gha hett.

66 DAN, DER HOTELIER

… wie wenn es eine *Kuh* …

So richtig durchgekaut also? Ja, so mag seine Hemden wirklich keiner.

Ich ha d Schnure voll.

67 PATRIZIA, DIE FUSSPFLEGERIN

Entweder *die Schnauze* oder *die Nase voll haben*

Jedenfalls reichts da jemandem, und zwar total.

Der hat mich über den Tisch gehauen.

68 OLI, DER MANAGER

Kombi von *«auf den Tisch hauen»*
und *«über den Tisch ziehen»*

Eine naheliegende Fehl-Kombi, die einem schnell mal passiert. Und die man entsprechend oft hört.

Der wollte mich übers Dach reissen.

69 PASCALE, DIE RADIO-FRAU

… über *den Tisch ziehen*

Da geht es brachial zu und her.

Das gibts wie Strand am Meer.

70 MENSCHEN IM ZUG

… wie *Sand* …

Ja, Strand gibts dort natürlich auch – vor allem aber so richtig viel Sand. Das steht schon in der Bibel so.

Ich rede nicht Wasser und trinke Wein.

71 PASCALE, DIE RADIO-FRAU

Wasser predigen und Wein trinken

Das passiert halt, wenn man Genügsamkeit einfordert, selber aber nicht verzichten mag. Prost!

Da habe ich doch grad den Puck gelesen.

72 GRAZIA

… den Puck *gecheckt*

Wobei Lesen eine feine Sache ist.

Ich drehe halbe Schübe.

73 GRAZIA

Kombi von *«drehe durch»* und *«bekomme Schübe»*

Jedenfalls scheint Grazia sich massiv aufgeregt zu haben.

Da kriege ich Gänseleber.

74 IRINA, JETSET-LADY

... *Gänse-/Hühnerhaut*

Es lässt tief blicken, was die Jetset-Lady am liebsten gehabt hätte. Der Tierliebhaber runzelt die Stirn.

Die Gerüchte habe ich sofort im Kern unterbunden.

75 PAOLA

... im *Keim erstickt*

Man weiss ja, was gemeint ist, merkt aber sofort: Irgendwas stimmt da nicht.

Ich bin ihm direkt in die Hände gelaufen.

76 PHILIPP, DER FILMVERLEIH-MANN

Kombi von *«in die Arme laufen»*
und *«in die Hände spielen»*

Eigentlich egal, wohin und in was: auf alle Fälle reingelaufen.

Die händ s Heu au ned of der gliiche Äbeni.

77 PATRICK, DER «EX»

... nicht auf derselben *Bühne*

Andere Lagerorte also. Bauern lagerten früher ihr Heu oft gemeinsam. Dazu mussten sie sich gut verstehen und einander vertrauen können, denn Heu war im Winter überlebenswichtig für das Vieh.

Wer austeilt, muss auch einteilen können.

78 LUISA, DIE STYLISTIN

…*einstecken* können

Diese Schläger sollen sich gefälligst ein kleines bisschen organisieren.

Von der Kippe auf

79 LUISA, DIE STYLISTIN

…der *Pike*…

Das muss ja von einer Raucherin kommen, nicht wahr?

Chrutz ond Rüebli

80 VIVIEN, DIE EGLISAUERIN

«*Chruut* ond *Rüebe*»

So oder so ein Durcheinander. Bezieht sich auf das Anbauen von Kohl und Rüben. Sie wurden früher häufig zusammen angebaut, im Gegensatz zu anderen Feldfrüchten.

Er hat keine Mühe, den Löffel abzugeben.

81 THOMI, DER GASTRONOM

…*die Verantwortung* abzugeben

Nein, selbst wenn es um die baldige Pensionierung eines Gastronomen geht, «Löffel abgeben» geht gar nicht. Im Mittelalter wurde der eigene Löffel immer mitgeführt. Ihn «abgeben zu müssen» war gleichbedeutend mit «kein Lebensrecht mehr haben».

Nicht den Löffel ins Korn werfen

82 STEPHAN, DER KAMERAMANN

Kombi von *«Löffel abgeben»* und *«Flinte ins Korn werfen»*

Man soll auch keine Löffel ins Korn werfen, das mögen die Mähdrescher genauso wenig.

Jetzt isch also gnueg ~~Stroh~~ dunde.

83 PAOLA

… *Heu* …

Zur Fütterung des Viehs warfen die Bauern Heu vom Heuboden in den Stall runter. War der Haufen genug gross, hiess es: «Es isch gnueg Heu dunde.»

Du chasch ned Weize mit Spreu vergliiche.

84 MENSCHEN IM ZUG

Kombi von *«Äpfel mit Birnen vergleichen»* und *«die Spreu vom Weizen trennen»*

Immer wieder spektakuläre Beispiele aus den Zugabteilen nebenan …

Auch ein altes Huhn findet mal ein Korn.

85 LUISA, DIE STYLISTIN

… ein *blindes* Huhn …

Hoffentlich nicht mal ein Hauch von Altersdiskriminierung …

Das gibt dir offene Türen in allen Wegen.

86 GRAZIA

Das öffnet dir Tür und Tor

Da gehen nicht bloss Türen auf, es bieten sich auch gleich Wege an. Grossartig!

Wie ein Elefant im Personalladen

87 SANDRA, DIE GOLDKÜSTEN-LADY

…*Porzellanladen*

Auch in einem Personalladen würde der Elefant wohl einigen Schaden anrichten – beim Porzellan schepperts einfach mehr.

Heilige Wasser sind tief.

88 PATRIZIA, DIE FUSSPFLEGERIN

Stille Wasser *gründen* tief

Heilig wäre denn doch ein bisschen übertrieben.

Hunde, die bellen, pinkeln nicht.

89 LUISA, DIE STYLISTIN

…*beissen* nicht

Nie mehr Gassi gehen also …

Er ist arm wie eine Kirschenmaus.

90 LUISA, DIE STYLISTIN

…*Kirchenmaus*

Ja, ein paar Kirschen würden der Kirchenmaus das Leben natürlich versüssen.

Wie ich dir, so du mir

91 GRAZIA

Wie du mir, so ich dir

Funktioniert natürlich auch umgekehrt. Aber eigentlich geisselt diese Redewendung aus dem Alten Testament jeglichen Rachefeldzug.

Er geht durch Stock und Stein.

92 LUISA, DIE STYLISTIN

Kombi von *«durch dick und dünn gehen»*
und *«über Stock und Stein»*

Jedenfalls wirds holprig.

Löwen sind halt Alphamännchen.

93 TERESA, DIE ITALIENERIN

... *Alphatierchen*

Scheint sich um einen besonders chauvinistischen Testosteronbomber zu handeln.

Der ist momentan auf Sand gelegt.

94 PASCALE, DIE RADIO-FRAU

Kombi von *«auf Eis gelegt»* und *«auf Sand gebaut»*

Es findet nicht nur gar nicht statt, sondern wackelt auch noch, herrje.

Mit brennenden Nägeln unter den Füssen

95 CHRIS, DER UNTERHALTUNGSMENSCH

Etwas brennt unter den *Nägeln*

Schmerzhafter Fusspilz vielleicht?

Fünf und fünf zusammenzählen

96 SANDRO, DER COIFFEUR

Kombi von *«eins und eins zusammenzählen»*
und *«fünfe gerade sein lassen»*

Wenn man aus offensichtlichen Fakten die naheliegende Schlussfolgerung zieht.

Er hat mich nicht mit links angeschaut.

97 BASIL, DER FREUND

Kombi aus *«links liegen lassen»* und
«nicht mit dem Allerwertesten angeschaut»

Stammt von den Kutschern, die anderen Kutschen nach rechts auswichen – oder aus dem Militär. Jedenfalls wurde Basil definitiv nicht beachtet.

Sie hat den Raum geplatzt.

98 PAOLA

... den *Rahmen gesprengt*

Wir stellen fest: Es wurde masslos übertrieben.

Das Leben ist kein Ponyschlecken.

99 PAOLA

Kombi aus *«kein Honig-/Zuckerschlecken»* und *«kein Ponyhof»*

Ob Zucker oder Honig – Ponys mögen es süss. Einer meiner Lieblinge.

Die Frage liegt auf der Zunge.

100 CHRISTOPH, DER SCHREINERMEISTER

Kombi von *«Die Frage liegt auf der Hand»*
und *«Die Antwort liegt auf der Zunge»*

Schreiner sind vorsichtig mit den Händen, da legen sie die Frage lieber auf die Zunge.

Sie sitzt am längeren Ast.

101 MENSCHEN IM ZUG

... längeren *Hebel*

Ein Ast kann auch ein Hebel sein, durchaus. An dem man sägen könnte. Aber das lassen wir jetzt.

Das sieht man aufs erste Auge.

102 ANNA, GABYS SCHWIEGERTOCHTER

... *auf den ersten Blick*

Das linke oder das rechte? Die beiden arbeiten ja meist zusammen.

Da bislisch is Füür.

103 MARTINA VOM FERNSEHEN

«Da *seichsch in Ofe*»

So eine Sache mit dem Züri-Slang – kann auch mal in den Ofen, äh, in die Hose gehen.

Er ist spermanent spitz.

104 PATRICK, DER ARCHITEKT

… *permanent* spitz

Da dachte jemand schon etwas voraus.

Den habe ich grad um den Finger gewixt.

105 ANGIE, DIE FRAU DES ARCHITEKTEN

… *gewickelt*

Das wird der Verlag eh streichen, kommentieren wir es also gar nicht …

Muesch mir unbedingt en Schoggi ficke.

106 PATRICK, DER ARCHITEKT

… *schicke*

No comment, oder?

Er zieht die Hosen ein.

107 STÉPHANIE, DIE INNENDESIGNERIN

… *den Schwanz* …

Da wollte wohl jemand jegliche Anstössigkeit vermeiden …

Sie gheit mit de Türe is Zimmer.

108 STEPHAN, DER KAMERAMANN

… ins *Haus*

Wenn es nur um ein bisschen überrumpeln geht statt im grossen Stil, reicht ja ein Zimmer.

Das Haus ging unter dem Tisch weg.

109 LIVIA, DAS PATENKIND

… unter *der Hand* …

Bezieht sich auf betrügerische Kartenspieler, die unter der Hand die Karten tauschten.

Das ist aber unterste Gürtellinie.

110 ANGIE, DIE FRAU DES ARCHITEKTEN

Kombi zwischen *«unterste Schublade»*
und *«unter der Gürtellinie»*

Stammt aus dem Boxsport, wo Schläge unter die Gürtellinie des Gegners verboten sind.

Er ging voll über die Gürtellinie.

111 MARIETTA, DIE FREUNDIN

Etwas geht unter die Gürtellinie

Dagegen ist grundsätzlich nichts einzuwenden.

Da isch de Hund drin.

112 SANDRA, DIE TRAUMATHERAPEUTIN

… der *Wurm* …

Irgendein Tier halt … Eben nicht: Die Redewendung bezieht sich auf den Holzwurm, der – einmal im Einsatz – ganze Häuser zum Einsturz bringen konnte.

Es ist ihm in die Nase gestiegen.

113 STEPHAN, DER KAMERAMANN

… in *den Kopf* …

Ausser es ist tatsächlich ein besonders köstlicher Duft gemeint.

Er hat überall seine Fäden im Spiel.

114 CHRISTIAN, DER FERNSEH-MANN

Kombi zwischen *«Hände im Spiel haben»*
und *«Fäden ziehen»*

Muss ein super Gambler sein.

Er ist über den Jordan gelaufen.

115 CLEMI, DER KOLLEGE

Über den Jordan gehen

Jesus ist über den See Gennesaret zu seinen Jüngern aufs Boot gelaufen und die alten Israeliten über den Jordan in das Gelobte Land eingezogen. Heute steht das symbolisch für den Eintritt ins Himmelreich.

Es liegt und fällt.

116 CLEMI, DER KOLLEGE

… *steht* und fällt

Was bereits liegt, wird kaum mehr fallen …

Tuesch es Aug druf rüere.

117 MENSCHEN IM ZUG

Kombi von *«ein Auge darauf haben»*
und *«einen Blick darauf werfen»*

Und das zweite Auge?

Da sollte man mal ein Auge drüber werfen.

118 PATRIZIA, DIE FUSSPFLEGERIN

…*einen Blick draufwerfen*

Es geht ja nicht um Organspende.

Das setzt dem Fass die Krone auf.

119 SANDRO, DER COIFFEUR

Kombi von *«schlägt dem Fass den Boden aus»*
und *«setzt dem Ganzen die Krone auf»*

Wer im 16. Jahrhundert in Bayern sein Bier nicht korrekt gebraut hatte, bei dem wurden bei den Fässern die Böden rausgeschlagen. Und «die Krone aufsetzen» geht auf den Brauch zurück, dass Bauherren nach Fertigstellung des Rohbaus ein Richtfest feiern.

Das schlägt dem Boden das Fass raus.

120 URS, DER MISTER-MACHER

... dem *Fass den Boden aus*

Es ist natürlich Ansichtssache, was von wem rausgeschlagen wird.

Es ist nicht alles Holz, was glänzt.

121 PATRIZIA, DIE FUSSPFLEGERIN

... *Gold* ...

Wie herrlich bescheiden! Ja, der erste Augenschein kann täuschen. Stammt auch aus der Komödie «Der Kaufmann von Venedig» von William Shakespeare.

Der hat eine Kehrtwende um 380 Grad gemacht.

122 MENSCHEN IM ZUG

... um *180* Grad ...

Ja, diese Geometrie ... jedenfalls keine wirklich krasse Abweichung.

Er hed en Sprung a de Waffle.

123 UNTER FREUNDEN

Kombi von *«einen Sprung in der Schüssel haben»*
und *«einen an der Waffel haben»*

Jedenfalls scheint man grad nicht so zufrieden zu sein mit ihm.

Ich muss dir jetzt ein Kompliment um die Ohren schlagen.

124 EIN MITARBEITER

Kombi von *«Kompliment machen»*
und *«Zeit um die Ohren schlagen»*

Da ist sich einer das Komplimentemachen offensichtlich nicht gewohnt.

Sie hat ihm den kalten Arsch gezeigt.

125 PAOLA

… *die kalte Schulter* …

Wollte ein Herr gemäss dem spanischen Hofzeremoniell einer Dame seine Aufwartung machen und war diese damit einverstanden, drehte sie ihm die rechte Schulter zu und reichte ihm die Hand zum Kuss, andernfalls zeigte sie ihm jedoch die linke, also die «kalte Schulter».

Es brennt mir unter der Zunge.

126 PAOLA

Kombi aus *«liegt mir auf der Zunge»*
und *«brennt mir unter den Nägeln»*

Sodbrennen, Feuerwasser oder Zungenbrecher? Irgendwas liegt da in der Luft, äh, auf der Zunge.

Sie beissen sich die Nägel aus.

127 PAOLA

… die *Zähne* …

So oder so: Klingt überaus schmerzhaft.

Sie muss mit den Büchern nochmals über die Rechnung.

128 GRAZIA

… *der Rechnung* nochmals über *die Bücher gehen*

Moment mal … Wenn man es umdreht, dann kommts irgendwie hin.

Ich bin ruhig und will mich nicht mehr expandieren.

129 GRAZIA

… *exponieren*

Genau, immer schön ruhig bleiben.

Der muss leider über die Klippe springen.

130 PAOLA

… die *Klinge* …

Endet beides nicht ideal. «Über die Klinge springen» kommt ursprünglich von der mittelalterlichen Hinrichtungsmethode des Köpfens.

Stell mich nicht so in ein schwarzes Licht.

131 CORINE, DIE KOLLEGIN

Jemanden in ein schlechtes Licht rücken

Die Beleuchtung scheint jedenfalls nicht gerade vorteilhaft zu sein.

Das Wasser hat sich gelegt.

132 MOIRA, DIE ANDERE KOLLEGIN

Die Wogen haben sich *geglättet*

Kommt letztlich aufs selbe raus – bloss poetischer formuliert im Original.

Der nagt bestimmt am letzten Tuch.

133 URS, FILMER VOM FERNSEHEN

Kombi aus *«am Hungertuch nagen»*
und *«auf dem letzten Zacken laufen»*

Im 16. Jahrhundert nähte man das Tuch noch selber, und ursprünglich hiess es auch «am Hungertuch nähen».

Ich bin in der Liebe halt nicht so bewandelt.

134 CHRIGU, DER SCHWINGERKÖNIG

…*bewandert*

Gehört ja auch nicht unbedingt zur Kernkompetenz eines Schwingers.

Der hat an meinem Bein gesägt.

135 DAN, DER HOTELIER

…meinem *Stuhl*…

Da sollte offenbar jemand nicht nur verdrängt, sondern gleich ganz aus dem Weg geschafft werden.

Er ist das hinkende Glied im Team.

136 SANDRO, DER COIFFEUR

Kombi von *«das schwächste Glied»*
und *«ein hinkender Vergleich»*

Da wird das Kopfkino natürlich in Gang gesetzt …

Ich will das alles noch unter Fach und Riegel bringen.

137 GRAZIA

Kombi zwischen *«unter Dach und Fach»*
und *«hinter Schloss und Riegel»*

Erfolgreich abschliessen oder erfolgreich wegschliessen, das ist hier die Frage.

Alles ist unter Fach und Riegel.

138 GRAZIA

… unter *Dach* und *Fach*

Ja, es klappte auch beim nächsten Anlauf nicht so ganz …

Da drehe ich die Schraube!

139 GRAZIA

Kombi aus *«am Rad drehen»* und *«die Schraube machen»*

Die Fassung verliert man jedenfalls in beiden Fällen.

Reden ist Schweigen, Silber ist Gold.

140 LUISA, DIE STYLISTIN

Reden ist Silber, Schweigen ist Gold

Stimmt, nur die Reihenfolge ist nicht ganz richtig.

Ich chan eifach ned of de Sack hocke.

141 VIVIEN, DIE EGLISAUERIN

Nicht auf den *Mund* sitzen können

Ja, *das* kann Vivien definitiv nicht.

Da seid ihr bei ihr am falschen Draht.

142 NADINE, DIE CHOREOGRAFIN

Kombi von *«an der falschen Adresse sein»*
und *«den Draht verlieren»*

Offenbar so ziemlich alles im Eimer.

Unglaublich, was da hinter verschlossenen Wänden alles abgeht.

143 ISABELLA, DIE ASSISTENTIN

... verschlossenen *Türen* ...

Manchmal reichen Türen nicht mehr, da brauchts schon Wände.

Was fällt ihm in den Sinn.

144 GRAZIA

Kombi aus *«Was fällt ihm ein»*
und *«Was kommt ihm in den Sinn»*

Schön kurz und schön falsch – ein Grazia-Original eben.

Da kommt mir doch das graue Kotzen.

145 LUISA, DIE STYLISTIN

Kombi von *«kommt mir die Galle hoch»* und *«ist zum Kotzen»*

Etwas gar deftig vielleicht.

Mir heds alli Huut uufgstellt.

146 FABRIZIO, DER FERIENBEKANNTE

... alle *Haare* ...

Ob er da wohl an die Gänse-/Hühnerhaut dachte?

Die Idee ist komplett am Boden herbeigerissen.

147 CORINE, DIE KOLLEGIN

... *an den Haaren herbeigezogen*

Okay, jedenfalls gehts da brachial zu und her.

Es schneit in Strömen.

148 MOIRA, DIE ANDERE KOLLEGIN

Es *regnet* ...

Der geneigte Meteorologe würde dies wohl Graupelschauer nennen.

Für so was braucht man aber einen dicken Rücken.

149 PETER, DER SKI-RENNFAHRER

... einen *breiten* Rücken

Da schleppt man dann etwas gar viel Eigengewicht mit sich rum – deshalb doch besser breit.

Ich habe ihn auf dem Trockenen gelassen.

150 LUISA, DIE STYLISTIN

Kombi von *«auf dem Trockenen sitzen»* und *«im Ungewissen lassen»*

Ja, die Frage wird wohl nie geklärt, was genau sie mit ihm gemacht hat ...

Da habe ich noch ein Ass im Köcher.

151 PAOLA

Kombi von *«Pfeil im Köcher»* und *«Ass im Ärmel»*

Sie hat jedenfalls noch was im Köcher, immerhin.

Sie hat noch einen schönen Trumpf im Köcher.

152 PAOLA

Siehe oben

Auch beim zweiten Versuch leicht daneben.

Mir redid
of hochem Ross.

153 GRAZIA

Kombi von *«auf dem hohen Ross sitzen»*
und *«von oben herab sprechen»*

Kriegsdienst war im Mittelalter dem Adel und Fürsten vorbehalten. Bauern und Handwerker bildeten das Fussvolk. Wer hoch zu Ross unterwegs war, galt als Befehlshaber.

Ich war total auf den Kopf geschlagen.

154 CORINE, DIE STADTPRÄSIDENTIN

... *vor* den Kopf *gestossen*

Nach einer rabiaten Debatte im Stadtrat vielleicht?

Ich habe derzeit viel um den Hals.

155 UELI, DER EX-TV-DIREKTOR

... *am* Hals

Vermutlich weder ein Übermass an Schmuck noch an Umarmungen, sondern einfach zu viel zu tun.

Der hätte mir fast die Gurgel umgedreht.

156 EDI, DER AUTOR

Kombi aus *«den Hals umdrehen»* und *«an die Gurgel gehen»*

Ja, auch der Herausgeber und Autor ist natürlich nicht gefeit vor derlei Verirrungen ...

Den hast du aber total in den Wind gesetzt.

157 PASCALE, DIE RADIO-FRAU

Kombi aus *«in den Sand gesetzt»*
und *«in den Wind geschlagen»*

Sie hat es jedenfalls vermasselt. «Etwas in den Sand setzen» stammt übrigens aus der Kolonialzeit, als man Strausse dabei beobachtete, wie sie bei Gefahr ihre Köpfe auf den Boden senkten, damit ihr restlicher Körper für den Feind aussah wie ein Busch.

Er spielt vor ausverkauftem Publikum.

158 CHRISTIAN, DER TV-MODERATOR

… *Haus*

Scheint jedenfalls voll gewesen zu sein. Mit käuflichem Publikum?

Er isch sich am Sueche.

159 MAURI, DER BANKER

… am *Finden*

Manchmal dauerts halt ein bisschen länger, bis man sich findet.

Du bewegst dich auf gefährlichem Fuss.

160 PAOLA

Kombi von *«auf gefährlichem Terrain bewegen»*
und *«auf grossem Fuss leben»*

Bewegung im Risikobereich – oder in der Luxuszone.

Dann weiss man grad, wohin der Hase läuft.

161 RUSSI, ABER NICHT DER SKIFAHRER

… *wie* der Hase …

Es geht im Original mehr ums Wie als ums Wohin: weil der Hase auf der Flucht Haken schlägt, damit ihn ein Verfolger nicht schnappen kann. Eine kluge Taktik also, um vor Gefahren davonzurennen.

Ich zeige dir, wo der Hase hängt.

162 GINA, DIE NONNA

Kombi von *«Ich weiss, wie der Hase läuft»*
und *«Ich zeige dir, wo der Hammer hängt»*

Der arme Hase, Tod durch Erhängen? Und: Der Profi kennt sich in der Werkstatt bestens aus und weiss, an welchem Haken der Hammer hängt.

Er hat saubere Schuhe.

163 KAMERAMANN ZUM ERSTEN

...*eine weisse Weste*

Also vielleicht doch keine ganz so weisse Weste? Die Redewendung stammt aus dem 19. Jahrhundert. Die weisse Weste war ein beliebtes Kleidungsstück, und Weiss stand damals schon für Unschuld, Redlichkeit und Makellosigkeit.

Ich fühle mich ein bisschen wie zwischen Tisch und Bein.

164 KAMERAMANN ZUM ZWEITEN

...zwischen *Stuhl* und *Bank*

Zwischen Hammer und Amboss wäre schlimmer.

Ich laufe auf dem letzten Zapfen.

165 KAMERAMANN ZUM DRITTEN

...*Zacken*

Vermutlich war bloss noch eine letzte Flasche übrig.

Ich komme auf keinen grünen Nenner.

166 KAMERAMANN ZUM VIERTEN

Kombi von *«auf keinen grünen Zweig kommen»* und *«einen gemeinsamen Nenner haben»*

Der «grüne Zweig» geht zurück auf den heidnischen Brauch, dass der Verkäufer dem neuen Besitzer eines Grundstückes oder eines Hauses einen Zweig immergrüner Bäume überreichte.

Jetzt ziehen wir noch bisschen durch die Häuser.

167 CLAUDIA, DIE COIFFEUSE

… *um* die Häuser

Lieber mittendrin als rundherum. Soll aufs Mittelalter zurückreichen, als die Händler mit ihren Waren von Haus zu Haus zogen.

Das macht den Braten auch nicht heiss.

168 MICHAEL, DER KOLLEGE

… *feiss*

Kein Backofen vorhanden vielleicht? In der Hochsprache ist stattdessen vom Kohl, der nicht fett wird, die Rede. Gemeint ist, dass die Arme-Leute-Mahlzeit durch irgendwelche Beilagen auch nicht besser, sprich: fetter wird.

Rapper «Stress» hatte Blei im Blut.

169 ANNINA, DIE TV-MODERATORIN

Kombi von *«einen Bleifuss haben»*
und *«Benzin im Blut haben»*

Definitiv ein Autonarr – und dann auch noch zu schnell unterwegs.

Es ist eben noch kein Meister vom Himmel geflogen.

170 MENSCHEN IM ZUG

… *gefallen*

Runterplumpsen versus stilvoll landen.

Den bringt nichts aus der Palme.

171 KERSTIN, DIE WEINKENNERIN

Kombi von *«aus der Ruhe bringen»*
und *«auf die Palme bringen»*

Hängematte, Kokosnüsse, Meer … Entspannung pur.

Was bringt dich auf den Baum?

172 ANNINA, DIE TV-MODERATORIN

… auf *die Palme*

Ja, warum muss es denn gleich eine Palme sein? Weil der Redewendung die Vorstellung zugrunde liegt, dass ein Affe in höchster Aufregung auf eine Palme klettert und von dort mit Kokosnüssen wirft.

Sie zieht mir den Speck durch die Nase.

173 LUISA, DIE STYLISTIN

Kombi von *«an der Nase rumführen»*
und *«den Speck durch den Mund ziehen»*

Könnte etwas unappetitlich werden.

Du musst mir jetzt nicht das Wasser durch den Mund ziehen.

174 RÖBI, DER BERG-FOTOGRAF

Kombi von *«Da läuft mir das Wasser im Mund zusammen»*
und *«den Speck durch den Mund ziehen»*

Denken wir an Essen, sendet unser Gehirn Signale an die Speicheldrüsen, um die Speichelproduktion anzukurbeln. Und schon gehts rund im Mund.

Er steht plötzlich mit leeren Schuhen da.

175 STEPHAN, DER KAMERAMANN

… *Händen* …

Nur knapp daneben – und offenbar nichts mit dabei.

Ich habe ihr auf den Puls gefühlt.

176 PAOLA

Jemandem auf den Zahn fühlen

Ja, den Puls, den fühlt man auch. Aber nur mit dem Zahn überprüft man, was jemand weiss oder kann.

Dann ist mir eine Lampe aufgegangen.

177 GRAZIA

...*ein Licht*...

Ja, auch die Lampe leuchtet. Doch das Licht steht schon in der Bibel für Erkenntnis. Und heute stehen in Comics auch die Glühbirnen in Kopfnähe, wenn jemand etwas begriffen hat.

So was kann einem auf den Kopf schlagen.

178 PAOLA

...*aufs Gemüt*...

Beides ist alles andere als gut.

Er ist einer, der gern das Wort in die Hand nimmt.

179 LORENZO, DER BACHELOR

Kombi aus *«die Zügel in die Hand nehmen»*
und *«das Wort ergreifen»*

Da hat einer total die Kontrolle – oder vielleicht doch nicht ganz?

Die würde ihm die Hörner «eintun»!

180 PAOLA

Kombi aus *«die Hühner eintun»* und *«die Hörner stutzen»*

Sie kommen viel vor in Redewendungen, die Hühner, werden gesattelt, lachen, sind blind … Vor allem aber werden sie unterschätzt.

Da bläst du in offene Ohren.

181 PAOLA

Kombi aus *«auf offene Ohren stossen»*
und *«ins selbe Horn blasen»*

Bei so viel Offenheit kann man ja schon mal durcheinandergeraten. Früher hatte übrigens in Heeren jeder Verband ein eigenes Hornsignal, das eine bestimmte Tonlage aufwies. Wer ins gleiche Horn blies, gehörte also zur Gefolgschaft.

Ins selbe Rohr blasen

182 PAOLA

… *Horn* …

Paola hats nicht so mit den Hörnern, ganz offensichtlich.

Du bewegst dich auf gefährlichem Eis.

183 KERSTIN, DIE WEINKENNERIN

Kombi aus *«sich auf dünnes Eis begeben»*
und *«auf gefährlichem Terrain bewegen»*

Scheint tatsächlich sehr gefährlich zu sein …

Jemandem ein Märchen aufbinden

184 VALENTINA, DIE TV-FRAU

Kombi von *«einen Bären aufbinden»*
und *«Märchen erzählen»*

Als Pfand für ihre Zechschulden banden früher Jagdgesellen einen Bären an der Theke an. «Jemandem etwas aufbinden» wurde bereits damals mit «Lügen» gleichgesetzt. Daraus entstand schliesslich «jemandem einen Bären aufbinden». Der Bär soll dabei die Schwere und Last der Lüge symbolisieren.

Weder Fleisch noch Vogel

185 ISABELLA, DIE ASSISTENTIN

…*Fisch* noch *Fleisch*

Soll auf den Humanisten Erasmus von Rotterdam (geb. 1469) zurückgehen. Man sagt auch «weder Fisch noch Vogel».

Jetzt ist gerade der Tropfen übers Fass geleert.

186 LEO, DER LAUSBUB

Der Tropfen, der das Fass zum Überlaufen bringt

Ja, dieser eine Tropfen zu viel…

Er ist mit dem Auto ins Haus gefallen.

187 LIVIA, DAS PATENKIND

…mit *der Tür*…

Einer, der die Kunst des Sich-Annäherns nicht beherrscht. Oder sein Auto nicht unter Kontrolle hat.

Mit der Tür ins Haus rennen

188 RUSSI, ABER NICHT DER SKIFAHRER

… *fallen*

Da kommt also einer mit der Tür angerannt … Ja, das könnte für Aufsehen sorgen.

Das nervt mich auf einer Liga, das kann man sich gar nicht vorstellen.

189 KERSTIN, DIE WEINKENNERIN

… nervt *auf eine Art und Weise* …

Wieso bloss Liga?! Jedenfalls nervts.

Gib nicht locker!

190 CLAUDIA, DIE COIFFEUSE

Kombi aus *«nicht aufgeben»*
und *«nicht lockerlassen»*

Einfach nicht aufgeben, noch nicht mal lockern.

Wenn alle Stricke ziehen

191 LUISA, DIE STYLISTIN

… *reissen*

Das nennt man doch mal *positive thinking*! Die Redewendung geht zurück aufs Kutscherhandwerk: Wenn die Zugstricke rissen, musste sofort die Wagenbremse gezogen und die Tiere gesichert werden.

Es ist nicht so heiss, wie es gekocht wird.

192 PAOLA

… *wird nichts* so heiss *gegessen* …

Wie wahr, wie wahr: Man stellt sich alles meist viel schlimmer vor, als es dann wirklich wird. Meist.

Das ist Wasser zum Brunnen getragen.

193 PAOLA

Kombi aus *«Der Krug geht zum Brunnen, bis er bricht»* und *«Wasser in den Rhein tragen»*

Der Krug hat biblischen Ursprung und ist ein Gleichnis des menschlichen Lebens. Und einem Fluss wie dem Rhein zusätzlich Wasser hinzuzufügen, steht hier sinnbildlich für überflüssiges Handeln.

Ich muss jetzt meinem Ärger freie Luft machen.

194 PAOLA

Kombi aus *«meinem Ärger Luft machen»* und *«etwas freien Lauf lassen»*

Raus mit dem Frust – alles andere gibt Magengeschwüre.

Er hat sich Hals über Ohren in sie verliebt.

195 ALEXANDER, DER DEUTSCHE KOLLEGE

Kombi aus *«Hals über Kopf»* und *«bis über beide Ohren»*

«Hals über Kopf» wird schon seit dem 16. Jahrhundert verwendet. Das belassen wir so.

Hier sind wir am roten Strich.

196 ANNINA, DIE TV-MODERATORIN

Kombi von *«im Rotlichtmilieu»* und *«auf dem Strich»*

Annina, Annina, man soll vorsichtig sein bei Reportagen im Rotlichtmilieu. Vor allem gemeinsam mit Oliver Pocher …

Er setzt sich in die gemachten Lorbeeren.

197 VIVIEN, DIE EGLISAUERIN

Kombi von *«sich ins gemachte Bett legen»* und *«sich auf seinen Lorbeeren ausruhen»*

Eine besonders schönen Kreation: Das Bett bezieht sich auf die reiche Mitgift, die man durch Heirat erlangen konnte. Und wer im Mittelalter ein wichtiges Turnier gewann, der bekam zum Zeichen des Ruhms einen Lorbeerkranz (heute noch so beim Schwingen).

Sie wollte sich definitiv auf ihren Rosen ausruhen.

198 GABY, DIE VERLEGERIN

… ihren *Lorbeeren* …

Sie stehen für Erfolg, die Lorbeeren, bis heute. Darauf auszuruhen, ist gefährlich. Gaby ruht sich lieber auf Rosen aus. Wir analysieren das jetzt mal besser nicht tiefenpsychologisch.

Das Hotel fliegt aus allen Nähten.

199 KARINA, DIE MISSEN-MUTTER

… *platzt* …

Jedenfalls scheints eng gewesen zu sein.

Ich hatte sie von Anfang an auf dem Strich.

200 CLAUDIA, DIE COIFFEUSE

… auf dem *Kieker*

Zuhälter-Slang?

Mach dich flügge.

201 LUISA, DIE STYLISTIN

... vom Acker

Hauptsache, weg. Wenn Soldaten sich früher vom Acker beziehungsweise Übungsgelände machten, drückten sie sich. Oder wurden fortgejagt.

Ich kann auch hinter die Ziffern schauen.

202 AFONIA, DIE PRAKTIKANTIN

... zwischen den Zeilen lesen

In mittelalterlichen Klöstern verfassten die Mönche Interlinearübersetzungen, also zwischen (lat. *inter*) den Zeilen (lat. *lineas*) eines Ausgangstextes stehende Wort-für-Wort-Übersetzungen. Wer den Text wirklich verstehen wollte, musste auch zwischen den Zeilen lesen. Damals ging es ums blanke Begreifen, heute um die Zwischentöne.

Willst du mir den Karren über den Weg ziehen?

203 AFONIA, DIE PRAKTIKANTIN

Kombi von *«Steine in den Weg legen»*
und *«den Karren aus dem Dreck ziehen»*

Soll da jemand auf seinem Weg behindert werden oder aber eine Lösung für ein Problem gesucht werden? Die Entscheidungsfindung läuft wohl noch.

In der Not frisst der Bauer Fliegen.

204 KARINA, DIE MISSEN-MUTTER

Kombi aus *«In der Not frisst der Teufel Fliegen»* und *«Was der Bauer nicht kennt, das frisst er nicht»*

Nix gegen die Bauern, bitte. «Was der Bauer nicht kennt ...» stammt aus einer Zeit, als sich die Menschen vorwiegend von dem ernährten, was sie selbst sammelten und anbauten.

Da trennt sich der Samen von der Spreu.

205 MAURI, DER BANKER

... die Spreu vom Weizen

Obwohl Mauri ja heute noch behauptet, dass es so korrekt sei ... Im Matthäusevangelium, 3. Kapitel, 12. Satz, sagt Johannes der Täufer über Christus: «Schon hält er die Schaufel in der Hand; er wird die Spreu vom Weizen trennen und den Weizen in seine Scheune bringen; die Spreu aber wird er in nie erlöschendem Feuer verbrennen.»

Er macht sich ein goldenes Fäustchen.

206 SILVIA, DIE SCHWÄGERIN

Kombi von *«ein goldenes Händchen haben»* und *«sich ins Fäustchen lachen»*

«Ins Fäustchen lachen» bedeutet, dass jemand voller heimlicher Schadenfreude ist. Wenn man seine Genugtuung oder Schadenfreude nicht offen zeigen möchte, hält man sich die Hand vor den Mund. Das «goldene Händchen» andererseits zeugt von Talent und Können.

Überall reissen sie einen übers Ohr.

207 BEAT VON DER FORMEL 1

Kombi von *«über den Tisch ziehen»*
und *«übers Ohr hauen»*

Klare Sache: Hier wird beschissen.

Da hats mir den Nuggi gelupft!

208 PASCALE, DIE RADIO-FRAU

Kombi von *«den Hut gelupft»*
und *«den Nuggi rausgehauen»*

Fertig mit der Gemütlichkeit, wenn der Hut abgeht und der Nuggi fliegt.

Die Bilder sprechen Welten.

209 GRAZIA

…*Bände*

Es scheinen jedenfalls vielsagende und besonders aussagekräftige Bilder gewesen zu sein.

Zuckerrohr und Peitsche

210 PAOLA

Zuckerbrot und Peitsche

Die Redensart ist seit dem 19. Jahrhundert belegt. Zuckerbrot ist eine alte Bezeichnung für süsses Gebäck. Dieses sollte Kinder ermuntern, brav zu sein, während die Peitsche notfalls für den nötigen Nachdruck sorgte.

Der Dominaeffekt war verheerend.

211 MENSCHEN IN DER BEIZ

Der *Dominoeffekt* …

Wir kennen sie alle, die Kausalkette von Ereignissen, die sich auf ein einzelnes Anfangsereignis zurückführen lassen und die sich mit Dominosteinen so wunderschön veranschaulichen lassen. Ob hier wohl ein bisschen unbewusstes Wunschdenken mit im Spiel war …?

Er hat ihn auf dem kalten Fuss erwischt.

212 YANNIK, DER PRAKTIKANT

Kombi von *«auf dem falschen Fuss erwischen»*
und *«kalte Füsse bekommen»*

Die Redensart kommt aus dem Sport. Viele Sportlerinnen und Sportler können ein Bein stärker belasten als das andere. Erwischt man sie auf dem schwächeren Bein – beispielsweise den Goalie auf dem «falschen Fuss» –, so fällt das Ergebnis schlechter aus.

Er hat dich auf den Rücken genommen.

213 GRAZIA

Kombi von *«auf den Rücken legen»*
und *«auf den Arm nehmen»*

Die Wendung «auf den Arm nehmen» ist seit etwa 1850 belegt: Wenn man jemanden nicht ernst nimmt und denkt, er sei naiv, behandelt man ihn wie kleine Kinder, die man auf den Arm nimmt.

Jetzt mache ich Nägel mit Füssen.

214 BERNADETTE, DIE VERMIETERIN

Kombi von *«Nägel mit Köpfen machen»*
und *«etwas hat Hand und Fuss»*

Nägel wurden früher nicht industriell hergestellt, sondern einzeln geschmiedet. Bei ungeschicktem Arbeiten entstanden auch Nägel ohne Köpfe, doch nur die mit Köpfen galten als vollwertig.

Es hat ihr den Finger reingenommen.

215 KARIN, DIE IBIZA-KENNERIN

... den *Ärmel reingezogen*

Scheint eine noch zögerliche Begeisterung zu sein.

Er hat einen Bock abgeschossen.

216 ANDREA, DIE GRAFIKERIN

Kombi von *«einen Bock geschossen»*
und *«den Vogel abgeschossen»*

Bock oder Vogel, das ist hier die Frage – jedenfalls hats geknallt.

Man muss den Abend nehmen, wie er fällt.

217 PAOLA

Kombi von *«den Tag nicht vor dem Abend loben»*
und *«es steht und fällt mit etwas»*

Eine der ganz schönen Konstruktionen.

Es wäre gemein, wenn man ihr nun einen Strick daraus reissen würde.

218 PAOLA

Kombi von *«am selben Strick (oder Strang) ziehen»*
und *«einen Strick daraus drehen»*

Wird gleichmässig an einem Strang gezogen, kommt das Pferdefuhrwerk gut voran. Und «einen Strick drehen» meint ursprünglich die Todesstrafe durch Erhängen.

Ich habe den roten Faden verloren.

219 GIULIA, DAS PATENKIND

Kombi von *«den Faden verlieren»* und *«etwas zieht sich durch wie ein roter Faden»*

Dazu gibts eine hübsche Geschichte aus der griechischen Mythologie: Ariadne, die Tochter von König Minos auf Kreta, war in Theseus verliebt, und dessen Herz schlug ebenfalls für die Holde. Doch wie alle Freier musste auf Geheiss des Vaters auch er in ein finsteres Labyrinth steigen und dort das Stierkopfmonster Minotaurus zu töten versuchen. Die schlaue Ariadne gab Theseus ein rotes Wollknäuel mit, das er abrollen und nach getaner Arbeit wieder nach draussen verfolgen konnte. So konnte Theseus seine Geliebte für sich gewinnen. Allerdings nur für kurze Zeit. Aber das ist eine andere Geschichte.

Sie haben schnell den Faden zueinander gefunden.

220 BERNADETTE, DIE VERMIETERIN

... den *Draht* ...

Faden geht auch, aber der Draht hält besser – daher spricht man auch von einem guten oder direkten Draht.

Ich kann der roten Linie nicht mehr folgen.

221 STÉPHANIE, DIE INNENDESIGNERIN

Kombi von *«eine rote Linie überschreiten»* und *«den Faden verlieren»*

Ein interessantes Durcheinander, irgendwie.

Ich kenne die Stadt wie meine Wespentasche.

222 STÉPHANIE, DIE INNENDESIGNERIN

Kombi von *«Westentasche»* und *«Wespentaille»*

Sie scheint sich da jedenfalls sehr gut auszukennen – und eine Wespentaille hat sie auch.

Es läuft wie am Ührchen.

223 GRAZIA

... *Schnürchen*

Kommt aus der Zeit, als in Kirchen noch nach dem Rosenkranz (an einem Schnürchen) gebetet wurde.

Der dreht am roten Rad.

224 ALEXANDER, DER GROSSE

Kombi von *«am Rad drehen»*
und *«im roten Bereich drehen»*

Alle Zeichen auf Rot und ziemlich die Fassung verloren, wie es scheint.

Sie geht auf neue Ufer.

225 MAURI, DER BANKER

... auf *zu neuen Ufern*

Die Redensart stammt – wen wunderts – aus der Seefahrt. Als die Welt noch nicht vollständig kartiert war, brachen Seefahrer und Entdecker im eigentlichen Sinne «zu neuen Ufern» auf.

Den Leuten ins Maul fallen

226 LUK, DER TÄTOWIERTE

Kombi aus *«jemandem über den Mund / das Maul fahren»* und *«jemandem ins Wort fallen»*

Typischer Zahnarzt-Arbeitsunfall?

Da musst du den Riegel ziehen.

227 MAURI, DER BANKER

Kombi aus *«den Riegel schieben»*
und *«die Konsequenzen ziehen»*

Jedenfalls ist sie zu, die Tür. Stammt aus jener Zeit, als man noch keine Türschlösser hatte, sondern Tore mit einem Querbalken, einem Riegel, verriegelt wurden.

Da sieht man Luft am Horizont.

228 PAOLA

Kombi aus *«Silberstreifen am Horizont»*
und *«Luft nach oben haben»*

Das ist ja grundsätzlich erfreulich – oder gehts doch mehr um verpasste Chancen?

Von weit her gesucht

229 SANDRA, DIE TRAUMATHERAPEUTIN

Kombi von *«wirkt gesucht»* und *«weit hergeholt»*

An den Haaren herbeigezogen allenfalls? Die Redewendung hätte Potenzial für ein paar schöne Adaptionen. Mal sehen, was da noch kommt …

Stink und fest behaupten

230 LIV, DIE ZERBRECHLICHE

Kombi von *«steif und fest behaupten»* und *«stinkfrech»*

Eine stinkfreche Behauptung vielleicht?

In die Hände laufen

231 SANDRA, DIE TRAUMATHERAPEUTIN

Kombi von *«in die Arme laufen»*
und *«in die falschen Hände geraten»*

Ja, die Hände, unsere wichtigsten Werkzeuge … Sie kommen so oft vor in unseren Redewendungen, dass es schon fast eine eigene Kategorie geben könnte.

Wichtige Entscheidungen sollte man nicht über den Zaun brechen.

232 MENSCHEN IM ZUG

… *vom* Zaun …

Schön langsam jedenfalls mit den grossen Entscheidungen. Das mit dem Zaun meint, dass man sich etwas ohne grosse Mühe beschaffen konnte, ein Stock oder eine Latte beispielsweise war nie Mangelware.

Keine bellenden Hunde wecken

233 MARCO VON DER SRG

… *schlafenden* Hunde …

Wenn sie bellen, dann schlafen sie ja eher nicht.

Aus den Jahren gekommen

234 SILVIA, DIE SCHWÄGERIN

Kombi von *«in die Jahre gekommen»*
und *«aus der Mode gekommen»*

Jedenfalls nicht mehr ganz *up to date* …

Er lebt, wie ihm der Schwanz gewachsen ist.

---

235 PAOLA

Reden, wie einem *der Schnabel* gewachsen ist

Ja, in diesem konkreten Falle war das (unbewusste) Ersetzen des Schnabels durch den Schwanz gar nicht so falsch.

Er beisst sich in den eigenen Schwanz.

236 STÉPHANIE, DIE INNENDESIGNERIN

Die Katze beisst sich in den Schwanz

Wir verzichten bewusst auf eine Illustration … ansonsten ja harmlos, sobald die Katze ins Spiel kommt.

Das geht mir wie Honig den Rücken runter.

237 GRAZIA

Kombi von *«Das geht runter wie Honig»*
und *«Das läuft mir kalt den Rücken runter»*

Ziemlich klebrige Sache … Der Honig, Symbol fürs Erstrebenswerte und Gute und Bestandteil von so vielen Redewendungen.

Was sich hasst, das liebt sich.

238 DANIELA AUS DUBAI

Was sich *liebt*, das *neckt* sich

Oh, das lässt tief blicken … «Was sich liebt, neckt sich» ist übrigens eine Polka française von Johann Strauss (Sohn). Sein Opus 399 wurde 1882 in Wien erstmals aufgeführt.

Ich bin ein gebranntes Tier.

239 SANDRA, DIE TRAUMATHERAPEUTIN

…*Kind*

«Ein gebranntes Kind scheut das Feuer», sagt man. Und offensichtlich hat es tierisch gebrannt.

Ich lege für ihn die Finger ins Feuer.

240 KARIN, DIE IBIZA-KENNERIN

… *Hand* ins Feuer

Die Redewendung hat ihren Ursprung im Mittelalter. Damals mussten Menschen tatsächlich ihre Hand ins Feuer legen. Wenn sie sich die Hand verbrannten, war ihre Schuld bewiesen. Verbrannten sie sich nicht, bedeutete das im Umkehrschluss, dass sie unschuldig waren. Genannt hat man diese «Rechtsfindung» Feuerurteil.

Das stand nicht mehr auf dem Trapez.

241 STÉPHANIE, DIE INNENDESIGNERIN

Etwas aufs Tapet bringen

Könnte aus der Zirkussprache kommen – stammt jedoch aus dem Französischen: *mettre une affaire sur le tapis*. Tapis beziehungsweise Tapet ist mit Tapete und Tapisserie verwandt.

Kann es sein, dass er den Hut zieht?
Oder heisst es, dass er den Hut abgibt?
Oder dass es ihm den Hut lupft?

242 PAOLA

Er *nimmt* den Hut

Von allem ein bisschen – und alles nicht ganz falsch. Wer entlassen wird oder zurücktritt, packt seine Siebensachen – und dazu gehörte früher auch der Hut.

Die Katze ist noch nicht in trockenen Tüchern.

243 MARCO VON DER SRG

Kombi von *«die Katze aus dem Sack lassen»* und *«in trockenen Tüchern sein»*

«Die Katze aus dem Sack lassen» ist verwandt mit einer weiteren Redewendung: «die Katze im Sack kaufen». Die wiederum entstand, weil auf mittelalterlichen Jahrmärkten betrügerische Händler versuchten, Katzen in einem Sack versteckt als Ferkel oder Kaninchen zu verkaufen.

Ich sehe aus wie ein Glas Wasser.

244 KARINA, DIE MISSEN-MUTTER

… ein *Schluck* Wasser

Also mehr wie das Glas oder wie der Inhalt…?! Kein besonders guter Tag jedenfalls, so oder so.

Wir müssen schliesslich alle am selben Boot ziehen.

245 PATRIZIA, DIE FUSSPFLEGERIN

Kombi von *«im selben Boot sitzen»*
und *«am selben Strick ziehen»*

Das geht auch, aber es wird schwierig.

Er war ihre Brandung.

246 GRAZIA

… *ihr Fels in der* Brandung

Er scheint eher Teil des Problems als Teil der Lösung gewesen zu sein…

In solch einer Situation gilt einfach: Rette mich, wer kann.

247 AUGENZEUGE AUF TELE ZÜRI

… *sich*, wer kann

Zeugt von einer gewissen Egozentrik, dieser leicht (aber wesentlich) adaptierte Befehl an die Schiffsbesatzung in aussichtslosen Situationen.

Den Sand in den Kopf stecken

248 SANDRA, DIE TRAUMATHERAPEUTIN

… *Kopf* in den *Sand* …

Und wie kriegt man den da rein?

Alle Wörter aus dem Mund ziehen

249 LUK, DER TÄTOWIERTE

Kombi von *«Würmer aus der Nase ziehen»*
und *«Wörter in den Mund legen»*

Das mit den Würmern geht auf den Aberglauben zurück, Krankheiten im Kopf würden durch Ungeziefer ausgelöst. Mit einem Instrument stocherten Quacksalber auf Jahrmärkten publikumswirksam in der Nase ihrer Patienten und zauberten dann einen Wurm aus dem Ärmel, als hätten sie ihn soeben aus der Nase gezogen.

Du häschmer d Wörter usem Muul gno.

250 MAURI, DER BANKER

Jemandem das Wort aus dem Mund nehmen

Das hätten wir nur wenig besser formulieren können …

Sie macht lange Ohren.

251 GIANNI, DER SCHWAGER

Kombi von *«die Ohren spitzen»*
und *«einen langen Hals machen»*

Jedenfalls scheint da jemand überaus interessiert zu sein.

Er hatte noch ein paar Eisen im Köcher.

252 PAOLA

Kombi von *«Eisen im Feuer»*
und *«Pfeile im Köcher»*

Stammt nicht etwa aus der Zeit der Hufschmiede, sondern aus der Epoche vor der Einführung des elektrischen Stroms, als die Bügeleisen noch Eisenkeile mit Griffen waren, die im Ofenfeuer vorgewärmt wurden. Die kluge Hausfrau hatte jeweils «mehrere Eisen im Feuer», um nach Auskühlen des einen gleich das nächste nehmen zu können.

Er spielt auf die Mühle seiner Mutter.

253 PAOLA

Kombi von *«Wasser auf jemandes Mühle leiten»*
und *«auf Zeit spielen»*

Geht zurück auf die Müller, die sich gegenüber ihren Kollegen einen Vorteil verschafften, indem sie Wasser auf ihre eigene Mühle umleiteten.

Ein Kampf auf verlorenem Flur

254 PAOLA

Kombi von *«Kampf auf verlorenem Posten»*
und *«allein auf weiter Flur»*

Der «Kampf auf verlorenem Posten» kommt aus dem Militärischen. Und: «Das ist der Tag des Herrn! Ich bin allein auf weiter Flur. Noch eine Morgenglocke nur, nun Stille nah und fern», heisst es in «Schäfers Sonntagslied» von Ludwig Uhland.

Wie ein nasser Pudel

255 STÉPHANIE, DIE INNENDESIGNERIN

Mix von *«pudelnass»*, *«pudelwohl»* und *«begossener Pudel»*

Ursprünglich waren Pudel Jagdhunde. Spezialisiert auf die Wasserjagd, mussten sie häufig in Gewässer springen, um das erlegte Flugwild zu apportieren. Entsprechend durchnässt kamen sie zurück.

Sie war plötzlich weg, und ich stand da wie ein ~~verstossener~~ Pudel.

256 MANAGER EINER ÖSTERREICHISCHEN KABARETTISTIN

... ein *begossener* Pudel

Erst begossen, dann auch noch verstossen. Wer soll sich da noch pudelwohl fühlen ...

Die stellt dir den ganzen Laden auf den Haufen.

257 USCHI VON DER HR

Kombi von *«den ganzen Laden auf den Kopf stellen»* und *«alles über den Haufen werfen»*

Ich vermute mal, dass Uschi die Kandidatin nicht eingestellt hat.

Es liegt ihm auf dem ~~Bauch~~.

258 THOMI, DER GASTRONOM

... *Magen*

Jedenfalls scheint da etwas nicht gut verdaut worden zu sein. Und das sagt ein Gastronom ...

Ich bin heute total beschlagnahmt worden.

259 PAOLA

... *in Beschlag genommen* ...

Auf jeden Fall scheint sie absorbiert gewesen zu sein, auch ohne Pfändung.

Dann hat der Handschuh gedreht.

260 STÉPHANIE, DIE INNENDESIGNERIN

... der *Wind* ...

Ob durch den Wind, gegen den Wind oder ein anderer Wind, der weht – ein Handschuh hat da definitiv nichts verloren.

Das Letzte kommt zum Schluss.

261 LOU, DIE WAFFENSYSTEMOFFIZIERIN

Das *Beste* ...

Ja, das Letzte kommt zum Schluss, aber ob es immer das Beste ist?

Lange Räder kurzer Sinn

262 MENSCHEN IM ZUG

Langer Rede ...

Wer viel redet und wenig sagt, kriegt das vielleicht hie und da zu hören, allerdings ohne Räder. Aus Friedrich Schillers zweitem Teil der Trilogie «Wallenstein»: «Was ist der langen Rede kurzer Sinn?»

Es isch mir dur d Chnoche.

263 MAURI, DER BANKER

Kombi von *«durch Mark und Bein»*
und *«blamiert sich bis auf die Knochen»*

Jedenfalls ist ihm da etwas ziemlich eingefahren.

Ich habe zu viel um den Hals.

264 LOU, DIE WAFFENSYSTEMOFFIZIERIN

Kombi von *«zu viel um die Ohren»*
und *«zu viel am Hals»*

Ja, der Hals … man bricht ihn, hat einen Kloss oder einen Frosch drin, steckt bis zu ihm in Schulden, zieht ihn aus der Schlinge, schafft sich etwas von ihm, kriegt ihn nicht voll genug, riskiert ihn, hat etwas dran, es hängt einem was raus, man macht ihn lang, fällt sich um ihn, das Herz schlägt bis zu ihm – oder eben, man hat einfach zu viel drum herum.

Ich habe die Lunte geleckt.

265 LOU, DIE WAFFENSYSTEMOFFIZIERIN

Kombi von *«Blut geleckt»*
und *«Lunte gerochen»*

Der Eifer von Raubtieren und Suchhunden wird durch das Blut der Beute bekanntlich enorm gesteigert – und das mit der Lunte stammt aus der Zeit, als Gewehre noch mittels Zündschnur (= Lunte) abgefeuert werden mussten. Der typische Geruch liess die Wildtiere den Jäger oft frühzeitig erkennen.

Wir haben gestrahlt wie die Rohrspatzen.

266 MENSCHEN IM ZUG

Man *«strahlt wie ein Maikäfer»*
und *«schimpft wie ein Rohrspatz»*

Der Maikäfer scheint ein fröhliches Gesicht zu haben – während der «Gesang» des Rohrspatzes offenbar mehr wie ein Schimpfen klingt. Hoffen wir, dass Ersteres gemeint war.

Anderi würded sich eis abschläcke.

267 GRAZIA

... die Finger lecken

Nahe dran, Grazia, sehr nahe sogar – aber halt doch knapp daneben.

In hohen Loben tönen

268 SIRAYA, DIE MITARBEITERIN

... Tönen loben

Kann einem ja schon mal durcheinandergeraten.

Tobu Wahobu

269 GRAZIA

Tohuwabohu

Aus dem Alten Testament: «Am Anfang schuf Gott Himmel und Erde. Und die Erde war wüst und leer.» Oder auf Hebräisch eben *tohu vavohu*. Und jetzt einmal falsch lesen, bitte, und dann dreimal nacheinander auswendig richtig sagen ... 😊

Abgezockt von A bis C

270 GRAZIA

... von A *bis Z*

Wenns nur bis zum C ging, kanns nicht gar so schlimm gewesen sein.

Mer hed si sofort uufgräppelet.

271 PHILIPP VOM SRF

Kombi von *«jemanden aufpäppeln»* und *«sich aufrappeln»*

Im Zusammenhang versteht man ja wohl, was gemeint ist.

Sie wird es Läbe lang di zwöiti Giige sii.

272 ALEXANDER, DER GROSSE

... die *erste Geige spielen*

Oje, oje ... Da scheint jemand nicht den Lead zu haben.

Es hängen noch alle Geigen am Himmel.

273 SANDRO, DER COIFFEUR

Ein Himmel voller Geigen

Renaissancemaler bildeten oft Geigen spielende Engel ab, um die Verliebtheit auszudrücken, und Reformator Martin Luther schreibt in einer Weihnachtsgeschichte, dass «der Himmel voller Geigen hängt».

Er isch of de siebte Wolke obe gsii.

274 GRAZIA

Er *schwebte auf Wolke sieben*

Dass die Wolken nummeriert sind ...? Nach der jüdischen, christlichen und islamischen Mythologie besteht der Himmel aus sieben Sphären, wobei der siebte Himmel dem Göttlichen am nächsten ist. Dieser Ansicht war übrigens auch der griechische Philosoph Platon.

Sie hat ein Brett auf den Nagel getroffen.

275 GABI VON DER MIGROS

Kombi von *«ein Brett vor dem Kopf haben»*
und *«den Nagel auf den Kopf treffen»*

Störrischen Ochsen zäumte man früher ein Kopfgeschirr auf, das ihre Augen mit Brettern bedeckte, damit sie nicht sahen, wohin sie geführt wurden. Und der römische Dichter Plautus (254 bis 184 v. Chr.) sagte: «Rem acu tetigisti.» Was frei übersetzt heisst: «Du hast den Nagel auf den Kopf getroffen.»

Ins eigene Bein geschnitten

276 MATIA, DER PRAKTIKANT

Kombi von *«Schuss ins eigene Knie»*
und *«sich ins eigene Fleisch schneiden»*

Der Schuss scheint nach hinten losgegangen zu sein.

Sie hat Pontius und Pilatus in Bewegung gesetzt.

277 PAOLA

Kombi von *«Himmel und Hölle in Bewegung setzen»*
und *«von Pontius zu Pilatus rennen»*

Im Brief der Hebräer heisst es: «Nun aber verheisst er und spricht: Noch einmal will ich bewegen nicht allein die Erde, sondern auch den Himmel.» Und bezüglich der Pontius-zu-Pilatus-Odyssee: Jesus wurde zuerst vom Hohepriester Kaiphas zum römischen Statthalter Pontius Pilatus geschickt, von diesem zu Herodes und dann wieder zu Pilatus zurück; dieser liess dann das Todesurteil vollstrecken.

Die Mutter war Vater des Gedankens.

278 GABY, DIE VERLEGERIN

Der Wunsch ist …

Hier bewegen wir uns wieder einmal in der grossen Literatur. In Shakespeares Drama «König Heinrich IV.» sagt der Vater zu seinem Sohn, dem Prinzen und zukünftigen König Heinrich V.: «Thy wish was father, Harry, to that thought», was mit «Dein Wunsch war des Gedankens Vater, Heinrich» übersetzt wurde.

Der Vater war Wunsch des Gedankens.

279 YVONNE, DIE TANZPARTNERIN

Siehe oben

Ob Vater oder Mutter, ziemlich tricky, das Ganze …

Vom Regen in die Taufe

280 GABY, DIE VERLEGERIN

… *Traufe*

Bei einer Taufe ist zwar ebenfalls Wasser mit im Spiel – aber so war das wohl doch nicht gemeint.

Er ist mein Berg in der Brandung.

281 GRAZIA

… mein *Fels* …

Für mehr Halt und unerschütterliche Beharrlichkeit reicht ein Felsen vielleicht nicht – da brauchts offenbar einen Berg.

Das geht ja zu und her wie im goldigen Himmel.

282 GABY, DIE VERLEGERIN

… wie *in einem hölzernen* Himmel

Ja, woher kommt er wohl, dieser «hölzerne Himmel»? Bei den Luzerner Osterspielen stellte man im 17. Jahrhundert jedenfalls einen Himmel aus Holz als Bühnenbild auf, und auf dieser Bühne ging es jeweils ziemlich laut zu und her. Nicht so goldig jedenfalls.

Er hat dir eine Fliege ins Ohr gesetzt.

283 GRAZIA

… *einen Floh* …

Diese Redewendung haben wir aus dem Französischen entlehnt, doch *mettre la puce à l'oreille* hat nicht genau die gleiche Bedeutung, es meint vielmehr «bei jemandem Zweifel und Argwohn erwecken».

Ich will aus einem Scherz keine Mördergrube machen.

284 MENSCHEN IM ZUG

… aus *meinem Herzen* …

In der Bibel steht, Jesus habe beim Anblick des Sittenzerfalls im Jerusalemer Tempel erbost gesagt: «Mein Haus soll ein Bethaus sein, ihr aber habt eine Mördergrube daraus gemacht.»

Sich durch dick und dünn schlagen

285 GRAZIA

Mit jemandem durch dick und dünn gehen

Wenns dann doch nicht so problemlos funktioniert mit dem gemeinsamen «durch dick und dünn gehen», muss man vielleicht auch mal grob werden …

Lügen haben schmale Beine.

286 MATIA, DER PRAKTIKANT

… *kurze* Beine

Im Jahr 1663 wurde das Sprichwort offenbar erstmals in einem Wörterbuch erwähnt. Es geht auf die Vorstellung zurück, dass jemand mit kurzen Beinen nur langsam laufen und somit der Wahrheit nicht entkommen kann.

Ich musste meinen Schmerz lecken.

287 STÉPHANIE, DIE INNENDESIGNERIN

… *meine Wunden* …

Tiere lecken ihre Wunden, um die Heilung zu fördern (Speichel enthält antibakterielle Wirkstoffe). Menschen machen bildlich gesprochen dasselbe, wenn ihnen etwas Schlimmes passiert ist oder sie mit dem Schicksal hadern.

Wo Rauch ist, ist auch Wind.

288 ROLAND

… *Feuer*

Denkt praktisch, der Roland.

Man soll die Gläser feiern, wie sie fallen!

289 MENSCHEN IM ZUG

… die *Feste* …

Im Mittelalter und der frühen Neuzeit war jedes Fest, das den oft harten Alltag unterbrach, mehr als willkommen. Egal, ob kirchlicher Feiertag, Erntedank, Hochzeiten oder Jahrmärkte. Und egal, ob es grad passte oder nicht. Heute braucht man das Sprichwort mehr im Sinne von «Man sollte den Moment geniessen, wenn er da ist» und nicht alles auf später verschieben. Und das eine oder andere Glas darf da auch mal fallen.

TEQUILA
JOHNNY UTAH MARGARITA
FROZEN FRUIT MARGARITA
SPICY POMEGRANATE
PALMILLA PALOMA
MINT GRAPE CRUSH
TIKI
FIRE MARSHALL BILL
16TH STREET SPIKED RUM SMASH
DREAMSICLE
FUNKY MONK
KEGS
FLAMING VOLCANO BOWL
FIRE MARSHALL BILL
48oz. PARTY SIZE
FIRE MARSHALL BILL 72
JOHN'S OLD FASHIONED
VODKA & GIN
SPICY BEE STING
SLUSHY MOSCOW MULE
NIGHT SURF ESPRESSO MARTINI
BELLINI SPRITZ FRAPPÉ
GIRL MATH
SOUTHSIDE OF THE PIER
WINE
A MEAL WITHOUT WINE IS LIKE
A DAY WITHOUT SUNSHINE
BUBBLES
LA MARCA, PROSECCO, ITALY
CANELLA, ROSE BRUT, ITALY
FAIRE LA FETE BRUT, CHAMPAGNE, FRANCE
NICOLAS FEUILLATE, BLUE LABEL BRUT, CHAMPAGNE, FRANCE
WHITES & ROSES
OYSTER BAY, SAUVIGNON BLANC, MARLBOROUGH, NZ

Man muss die Feste nehmen, wie sie fallen.

290 MENSCHEN IM ZUG

… die Feste *feiern* …

Yes, so ist es: keine Chance auslassen, das Leben zu feiern.

Die göhnd au a jedi Chäfer-Verlochete.

291 SARAH, DIE KOLLEGIN

… *Hundsverlochete*

So nennt man im Dialekt einen eher unbedeutenden Event. Da wird zwar ein Hund verscharrt oder eben «verlocht», doch das kann man auch mit Käfern machen, natürlich.

Da ist Hoffnung und Schmalz verloren.

292 MATIA, DER PRAKTIKANT

… *Hopfen* und *Malz* …

Wen wunderts: Die Redewendung stammt aus der Bierbrauerei. Hat es nicht geklappt, ein Bier richtig zu brauen, sind die Zutaten, Hopfen und Malz also, verloren, wiederverwenden funktioniert nicht.

Vom Erdboden verschwunden

293 PAOLA

… *verschluckt*

Auch wenn das plötzliche Verschwinden letztlich ja aufs Gleiche hinausläuft …

Das wäre verschenktes Pulver.

294 PAOLA

Kombi von *«verschenkte Chance»*
und *«sein Pulver verschossen haben»*

Geht zurück auf die Zeit, als die Feuerwaffen noch mühsam geladen werden mussten. Im Kampf standen Soldaten in mehreren Reihen hintereinander, die erste Reihe schoss, ging dann nach hinten zum Nachladen, und die zweite Reihe schoss. Wer «sein Pulver verschossen» hatte, war für den Kampf mit der Feuerwaffe nutzlos.

Alter schützt vor Bosheit nicht

295 SANDRO, DER COIFFEUR

… vor *Torheit* …

Und wieder mal steckt William Shakespeare hinter einem Sprichwort – in «Antonius und Cleopatra» sagt Cleopatra: «Though age from folly could not give me freedom …» Aber es kommen einem ja durchaus Fälle in den Sinn, wo die Adaption mit der Bosheit ebenfalls zutrifft.

Ehe, wem Ehe gebührt

296 MENSCHEN IM ZUG

Ehre, wem *Ehre* gebührt

Ein Heiratsmuffel …? Die Redensart stammt aus dem Brief des Apostels Paulus an die Römer: «So gebt nun jedem, was ihr schuldig seid: Steuer, dem die Steuer gebührt; Zoll, dem der Zoll gebührt; Furcht, dem die Furcht gebührt; Ehre, dem die Ehre gebührt.»

Ich han au no paar Liiche im Garte.

297 LINO, DER LANDSCHAFTSGÄRTNER

Leichen im *Keller* haben

Kein Zufall, dass das von einem Landschaftsgärtner kam … Der Hintergrund der Redewendung ist etwas makaber: Wenn früher ein ungetauftes Kind starb, durfte es nicht auf dem Friedhof beerdigt werden. Als einziger Ort, wo es vor bösen Mächten geschützt blieb, galt das Elternhaus. Deshalb wurden dort heimlich tote Kinder im Keller begraben.

Durch diesen sauren Apfel müssen wir durch.

298 GRAZIA

Kombi von *«in den sauren Apfel beissen»*
und *«Da müssen wir durch»*

In der Not frisst der Teufel eben nicht nur Fliegen, sondern auch saure Äpfel. Geht zurück auf den Reformator Martin Luther, dem nachgesagt wird, dass er eine sehr bildliche Sprache pflegte: «Not lehrt in saure Äpfel beissen», heisst es schon bei ihm.

Er sucht dauernd das Salz in der Suppe.

299 HANS-PETER, DER PRÄSIDENT

Kombi von *«etwas ist das Salz in der Suppe»*
und *«das Haar in der Suppe suchen»*

Das Salz gibt der Suppe erst den richtigen Kick, Haare hingegen sind dort unerwünscht.

Das fiel zwischen Stuhl und Tisch.

300 MATIA, DER PRAKTIKANT

... *Bank*

Egal, wohin: scheint jedenfalls vergessen gegangen zu sein.

Alles nur eine Frage des Standortes

301 GRAZIA

... *Standpunktes*

Aus der Kategorie «Alles bloss eine Frage des Standpunktes, ob man das nun so oder so sagen will».

Er hinterlässt überall braune Erde – oder schwarze …?

302 STÉPHANIE, DIE INNENDESIGNERIN

… *verbrannte* Erde …

Eine kriegerische Taktik, die bereits in der Antike praktiziert wurde: alles zerstören, was dem Gegner nützen könnte – Gleise, Strassen, Brücken, Fahrzeuge, Lebensmittel … Farbe egal, sicher aber verbrannt.

Ich schiesse ihn zum Teufel.

303 GIANCARLO, DER KOCH

Kombi von *«auf den Mond schiessen»*
und *«zum Teufel schicken»*

Egal, ob Mond oder Teufel (oder Wüste): Hauptsache, weit weg.

Si händ de GAU abgschosse.

304 KARINA, DIE MISSEN-MUTTER

Kombi von *«den Vogel abschiessen»* und *«GAU»*

«Den Vogel abschiessen» kommt aus dem Mittelalter: Wer auf Schützenfesten einen an einer Stange befestigten Holzvogel von der Stange schoss, war zwar Schützenkönig, doch dieser Titel brachte nicht geringe finanzielle Pflichten mit sich (Zeche zahlen usw.). Schoss jemand den Vogel unabsichtlich ab, hatte er zwar den Titel, aber eben auch den Schaden. Und: Ein GAU ist bei einem Atomreaktorunfall der grösste anzunehmende Unfall.

Er hat frei aus dem Effeff geplaudert.

305 GIANCARLO, DER KOCH

Kombi von *«etwas aus dem Effeff beherrschen»* und *«aus dem Nähkästchen plaudern»*

Interessante Kombination, die aber wenig Sinn macht. Das «Effeff» stammt aus dem Lateinischen: *ex forma, ex functione* – man kann etwas nicht bloss beschreiben, sondern weiss auch, wie es funktioniert. Und das Nähkästchen war früher offenbar bevorzugtes Versteck für allerlei Dinge.

Er kann eine Null auch mal gerade sein lassen.

306 SANDRO, DER COIFFEUR

Er kann *fünfe* …

Hat überraschenderweise nichts mit mathematischem Aufrunden zu tun, sondern geht zurück aufs Mittelalter, als Streitigkeiten noch mit den Fäusten ausgetragen wurden: Wenn zwei Kontrahenten ihre Hand mit ausgestreckten Fingern nach oben hielten, so bedeutete dies, dass man auf den Kampf verzichtete.

Da musst du mal einen Stempel setzen.

307 SANDRO, DER COIFFEUR

… *ein Exempel statuieren*

Kommt ursprünglich aus der Juristerei, «exemplifizieren», und meint «ein abschreckendes Beispiel geben». Man kann natürlich mit einem Stempel nachhelfen, wieso nicht.

Unsere Ärzte werden Ihnen mit Red und Antwort stehen.

308 CEO EINER NAMHAFTEN KLINIK

Kombi von *«Red und Antwort stehen»* und *«zur Seite stehen»*

«Red und Antwort stehen» stammt von den Gerichtsverfahren, bei denen man sich stehend erklären und rechtfertigen musste. Und: Voller Service also von den Ärzten – nicht nur Red und Antwort stehen, sondern auch Beistand sein.

Das ist Balsam für meine Augen.

309 PAOLA

... für *die Seele*

Keine Salbe für die Augen, aber wohltuend für die Seele.

In den Schoss reinschieben

310 GRAZIA

Kombi von *«einem in den Schoss fallen»*
und *«sich etwas in den A*** schieben»*

Ganz so vulgär war das kaum gedacht.

Das verfolgt dich nun auf dem Fuss.

311 MORGENMODERATORIN AUF RADIO SRF 3

Kombi von *«auf Schritt und Tritt»* und *«folgt auf dem Fusse»*

Was «auf dem Fusse folgt», ist leider meist etwas Unangenehmes, Negatives.

Vom Scheitel bis zur Krone

312 SANDRO, DER COIFFEUR

…*Sohle*

Gar nicht so falsch, schliesslich verwendet man die Redewendung positiv. Da setzt man jemandem durchaus auch mal die Krone auf.

Was brennt dir auf der Zunge?

313 GRAZIA

Kombi von *«brennt unter/auf den Nägeln»*
und *«liegt auf der Zunge»*

Das «Nägelbrennen» geht entweder zurück auf mittelalterliche Foltermethoden oder auf eine Sitte von Mönchen, die sich zwecks besserer Lesbarkeit der Notenblätter kleine Wachskerzen auf die Daumennägel klebten – und dann wohl unsanft aus der mystischen Versenkung oder dem klerikalen Nickerchen geholt wurden, sobald die Kerzen niedergebrannt waren.

Eine lockere Kugel schieben

314 SUE, DIE JASSERIN

… *ruhige* Kugel …

Die Redewendung entstand im 20. Jahrhundert: Auf der glatten Kegelbahn braucht es kaum Anstrengung, eine Kugel ins Rollen zu bringen.

Der Dritte im Busch

315 SANDRA, DIE ANWÄLTIN

Kombi von *«der Dritte im Bunde»*
und *«Da ist etwas im Busch»*

Im Gedicht «Die Bürgschaft» von Friedrich Schiller steht: «So nehmet auch mich zum Genossen an: Ich sei, gewährt mir die Bitte, in eurem Bunde der Dritte.» Der Busch wiederum kommt aus der Jägersprache und symbolisiert etwas Verborgenes, Verstecktes.

Es fehlt an allen Ecken und Enten.

316 MENSCHEN IM ZUG

...Enden

Philosophisch betrachtet ist etwas nur vollständig, wenn es Ecken und Enden hat. Enten hingegen braucht es dazu keine.

Mir hat es grad die Socken weggehauen.

317 RENÉE, DIE PRAKTIKANTIN

Aus den Socken hauen

Die Redewendung stammt vermutlich aus dem Boxsport, wo ein besonders harter Schlag einen Gegner schon mal aus den Socken hauen konnte. Kennt man ja auch von Begegnungen von Obelix mit den Römern.

Ich habe den Esel noch nicht an den Stab gehängt.

318 COIFFEUSE DER VERLEGERIN

Vielleicht Kombi von *«an den Nagel gehängt»* und *«Stabübergabe»*

Dass man «etwas an den Nagel hängt» und damit aufgibt, geht offenbar zurück auf die Gladiatorenzeit. Wie da ein Esel aufgehängt werden könnte und ob damit allenfalls eine Art Stabübergabe gemeint sein könnte ... Wir werden es vermutlich nie erfahren.

Er ist unser stärkstes Schwert im Stall.

319 GRAZIA

…*bestes Pferd*…

Ursprünglich meinte man damit tatsächlich das beste Pferd im Stall – heute wird dieses metaphorisch verwendet für Leistungsträger und High Performer. Das Schwert hingegen lagert man besser nicht im Stall.

Ich bin nur der Überträger.

320 NADIA, DAS PATENKIND

... *Überbringer*

Da suchen während Covid-19 alle den Überträger, und da kommt eine und gibt es einfach zu.

Die sind wie Sand aus dem Meer gewachsen.

321 NADINE, DIE CLUBBESITZER-FRAU

Kombi von *«wie Pilze aus dem Boden geschossen»* und *«wie Sand am Meer»*

Wir stellen fest: Es hatte viele – und sie kamen schnell. Gemeint sind die Marihuana-Shops nach der Liberalisierung in Thailand. Vielleicht war Nadine kurz davor schon in einem, wer weiss ...

Bringt ja nichts, Sandschlösser zu bauen.

322 DOMINIC VON DER SRG

Kombi von *«auf Sand bauen»* und *«Luftschlösser bauen»*

Ob auf Sand oder in der Luft: offensichtlich ging es da eher utopisch zu und her.

Jede blöde Kuh findet mal ein blindes Korn.

323 SABRINA, DIE ANWÄLTIN

Auch ein blindes Huhn findet mal *ein Korn*

Nah dran, Sabrina, bloss die Tiere sind ein bisschen durcheinandergepurzelt. Und auch eine gewisse Antipathie gegenüber Kühen scheint mit im Spiel gewesen zu sein.

Eine Taube macht noch keinen Sommer.

324 GRAZIA

Eine *Schwalbe* …

Sehr frei nach Shakespeare: Es war die Schwalbe und nicht die Taube. Und dann war da noch ein gleichnamiger Song von Dorthe, ist aber schon eine Weile her.

Wie ein angeschossenes Huhn

325 STÉPHANIE, DIE INNENDESIGNERIN

… *Reh*

Gut, auch ein angeschossenes Huhn dürfte eher ungehalten unterwegs sein. Die Redewendung aus der Jägersprache sieht für die Rolle aber definitiv ein Reh vor.

Zu feuchter Stunde

326 STEFAN, DER LOGISTIKER

… *später* Stunde

Gehts kürzer, prägnanter? Einer meiner Lieblinge.

De Heiri hed … de Stock verlore.

327 LUISA, DIE STYLISTIN

«De Heiri hed es *Chalb verchauft*»

Aus der «Kleinen Niederdorfoper» von Paul Burkhard. Vielleicht hat der Heiri den Stock später doch noch verloren, es ging ja feuchtfröhlich zu und her.

Ich denke, mein Huhn pfeift.

328 MODERATOR AUF RADIO 1

Ich *glaub*, mein *Schwein* …

Schweine können genauso wenig pfeifen wie Hühner. Und dennoch heisst es «Ich glaub, mein Schwein pfeift». Soll etwas Überraschendes, ja Unmögliches ausdrücken, wie «mich knutscht ein Elch».

A D A
1. Mei - ne O - ma fährt im Hüh - ner - stall Mo - tor - rad, Mo -
D
O - ma fährt im Hüh - ner - stall Mo -
E7
tor - rad,
A
en - te Frau!
A
tor - rad,

Friede, Freude, Hühner

329 STELLA, DIE BEKANNTE

…*Eierkuchen*

Irgendwas aus dem Hühnerstall oder aus der Küche. Oder zuerst aus dem einen und dann dem anderen?

Friede, Freude, Apfelkuchen

330 MENSCHEN IM ZUG

Siehe oben

Schon bedeutend näher dran, aber noch immer daneben. Die Redewendung wird meist gebraucht für eine scheinbar friedlich-sorglose Gesellschaft, die Probleme verdrängt, statt sie zu lösen.

Die legten mir einfach immer wieder Eier in den Weg.

331 STEFANO, DER IT-FACHMANN

Kombi von *«Steine in den Weg legen»*
und *«jemandem ein Ei legen»*

Vielleicht war grad Ostern, vielleicht war da grad ein Huhn unterwegs … Jedenfalls lag was im Weg.

Der frühe Vogel fängt den Fisch.

332 RENÉE, DIE PRAKTIKANTIN

…den *Wurm*

Seeadler, Pelikane und Kormorane sind sicherlich auch frühmorgens fischend unterwegs – doch hier ist wohl eher von der kleinen Amsel die Rede, die den Regenwurm aus der Erde zerrt.

Da liegt das Reh im Pfeffer begraben.

333 URS, DER VERMIETER

Mix aus *«liegt der Hund begraben»*,
«wo der Pfeffer wächst»
und allenfalls *«scheu wie ein Reh»*

Ob da jemand Lust auf Rehpfeffer hatte? Jedenfalls brachte schon Goethe es mit «des Pudels Kern» mit Hunden auf den Punkt. Wo der Hund begraben ist, liegt der Kern einer Sache. Ein begrabenes Reh wäre etwas gar gross …

Das ist ja auch nicht das Grüne vom Ei.

334 GRAZIA

… das *Gelbe* …

Grazia hats nicht so mit den Farben und dreht ja auch mal im grünen statt im roten Bereich. Die Redewendung basiert auf der Vorstellung, dass der (gelbe) Dotter das Wertvollste am Ei ist.

Nicht über den Hahnenfurz hinausdenken

335 PAOLA

Kombi zwischen *«sich einen Hennenschiss für etwas interessieren»* und *«über den Tellerrand hinausdenken»*

Woher dieser Hahnenfurz kommt, das werden wir wohl nie erfahren …

Jemandem einen Löwen aufbinden

336 NADINE, DIE CHOREOGRAFIN

… einen *Bären* …

Löwen werden nicht aufgebunden, man wagt sich in deren Höhle – oder eben nicht. Eine weitere Redewendung aus der Jägersprache, als man sich noch heroische Geschichten über Begegnungen mit Bären im Wald erzählte.

Der frühe Tod ihres Vaters hat ihr gezeigt, dass man das Leben an den Hörnern packen und geniessen muss.

337 RADIO-TALKGAST

...*den Stier bei* den Hörnern...

Etwas überladen, das Bild: Man soll einen Stier – im übertragenen Sinn ein Problem – dort anpacken, wo er seine grösste Kraft besitzt, also bei den Hörnern.

Wir dürfen nicht das Bad mit dem Kinde ausschütten.

338 FRANK, DER ZEICHNER

...*das Kind mit dem Bade*...

Eigentlich wollte Frank über Wölfe sprechen – dann gerieten Kind und Bad etwas durcheinander. Das schöne Bild stammt aus dem Mittelalter, als man noch nacheinander im selben Wasser badete, bevor man am Ende dann die Wanne leerte. Und hoffentlich nicht auch das Kind damit wegschüttete. Metapher für eine übertriebene oder unangemessene Reaktion.

Es gibt immer wieder Leute, die einem Stecken in den Weg legen.

339 SANDRO, DER COIFFEUR

Kombi von *«Steine in den Weg legen»*
und *«Knüppel zwischen die Beine werfen»*

Ob jemand nun mit Steinen oder einem Knüppel aufgehalten werden soll, die Absicht ist nicht schön.

Das ist ihm in den schrägen Hals gekommen.

340 EDI, DER AUTOR

... in den *falschen* Hals *geraten*

Da scheint jemand etwas falsch verstanden oder missinterpretiert zu haben – und eben, auch der Autor ist nicht gefeit vor Ausrutschern.

Er musste einige Zähne lassen.

341 AUGENZEUGE AUF TELE ZÜRI

... *Federn* ...

Redewendungen mit Zähnen gibt es «wie Sand am Meer» – von «auf die Zähne beissen» über «auf den Zahn fühlen», «Zähne zeigen» über «einen Zahn zulegen» bis zu «auf dem Zahnfleisch gehen» und viele weitere mehr. Wenn es aber ums Leiden und ums Nicht-ungeschoren-Davonkommen geht, dann lässt man Federn, keine Zähne.

Einer muss die Kohlen ja aus dem Ofen holen.

342 GAST IN DER SENDUNG «HAPPY DAY»

... aus dem *Feuer* ...

Wieso eigentlich aus dem Feuer? Die Redewendung stammt aus dem Bergbau, wo es gefährlich war, Kohle aus den tief liegenden Schächten abzubauen. Mittlerweile ist es eine Metapher für die Übernahme von Verantwortung.

Man kann doch nicht immer bei Adam und Riese anfangen.

343 SERAINA, DIE PRAKTIKANTIN

Kombi von *«bei Adam und Eva anfangen»*
und *«nach Adam Riese»*

Fängt man ganz vorne an, dann sinnbildlich bei Adam und Eva. Hat man hingegen richtig gerechnet, dann zitiert man – noch heute – den deutschen Rechenmeister Adam Ries(e) aus dem 16. Jahrhundert.

Ich stah grad äs bitzli uf äm Chnopf.

344 MYRTA, DIE SCHWESTER

Kombi von *«auf der Leitung stehen»*
und *«einen Knopf haben»*

Eine schöne Kombi – und egal, welche Variante man wählt, es geht aktuell grad gar nichts.

Blut ist dicker als Wein.

345 GRAZIA

... *Wasser*

Geht zurück auf das mittelalterliche englische Sprichwort «The blood of the covenant is thicker than the water of the womb», übersetzt: «Das Blut des Bundes ist dicker als das Wasser des Mutterleibs», und meint, dass Abenteuer in Kriegszeiten stärkere Bindungen schaffen konnten als biologische Verwandtschaft. Alles klar?

Jetzt ist mir gerade ein Gedanken entsprungen.

346 GABY, DIE VERLEGERIN

... ein *Gedanke entfallen*

Sie kommen manchmal, die Gedanken – und dann sind sie auch schon wieder weg, einfach entfallen. Eigentlich ist nur «ein Ros entsprungen» – im Weihnachtslied aus dem 16. Jahrhundert.

Man muss ihm mal ein Kreuzchen winden.

347 MODERATOR AUF SRF 1

... ein *Kränzchen* ...

Die Redewendung stammt aus einer Zeit, als man zur Auszeichnung und Anerkennung noch geflochtene Kränzchen wie beispielsweise aus Lorbeer überreichte.

Man musste viel Sitzfleisch beweisen.

348 EVA, DIE TV-MODERATORIN

Kombi von *«Sitzfleisch haben»* und *«Sitzleder beweisen»*

Soll beides zum Ausdruck bringen, dass man Geduld und Musse braucht, um sich in eine Arbeit oder Aufgabe reinzuknien.

Alles in sicheren Tüchern

349 SANDRA, DIE TRAUMATHERAPEUTIN

... in *trockenen* Tüchern

Auf jeden Fall in Sicherheit, wie ein kleines Kind in trockenen Windeln.

Mein Gott, bist du ein Schweinspilz!

350 DIRK, DER HOLLÄNDER

Kombi von *«Bist du ein Glückspilz»* und *«Schwein gehabt»*

Einer meiner Lieblinge, weil man sich den Schweinspilz so schön vorstellen kann.

Da muesch de suuri Stei aanäh.

351 THOMI, DER GASTRONOM

Mix von *«in den sauren Apfel beissen»*, *«jemandem Steine in den Weg legen»* und *«einen sauren Stein [Gesicht] machen»*

Scheint kein günstiger Moment gewesen zu sein …

Man sieht halt nie hinter die Facette.

352 MORGENGAST AUF RADIO SRF 1

Kombi von *«etwas hat viele Facetten»*
und *«nicht hinter die Kulissen sehen»*

Das kann durchaus miteinander zusammenhängen: Sieht man nicht hinter die Kulissen, kennt man auch nicht alle Facetten.

Das war äusserste Schublade.

353 GRAZIA

… *unterste* Schublade

Der Mensch ordnet seine Dinge, das Wichtigste zuoberst, das andere weiter unten – okay, man kann das Ganze durchaus auch in die Breite ordnen.

Da muss ich noch mal hinter die Bücher.

354 GRAZIA

… *über* die Bücher

Man kann sich auch dahinter verstecken, aber das bringt dann nichts.

Es fühlen sich viele vor den Bug geschossen.

355 FRANCESCA, DIE MITARBEITERIN

Kombi von *«vor den Kopf gestossen»*
und *«einen Schuss vor den Bug bekommen»*

Jedenfalls wurde hier tatkräftig brüskiert. Der Ausdruck stammt von der Kriegsmarine, wo Warnschüsse vor den Bug des gegnerischen Schiffes abgesetzt wurden.

Die Vorsorge-Thematik ist aktuell ein Brenneisen der Politik.

356 RADIO-MODERATOR

Kombi von *«ein heisses Eisen»* und *«im Brennpunkt stehen»*

Auf jeden Fall scheint das Thema aktuell brennend heiss zu sein.

Du kannst das unter vier Wänden machen.

357 MAURI, DER BANKER

... *in den eigenen* vier Wänden ...

Nah dran, Mauri! Aber wenn die vier Wände einstürzen, wird jegliche Tätigkeit darunter eher anspruchsvoll.

Ich habe das über den Kopf geworfen.

358 PAOLA

Kombi von *«über den Kopf wachsen»*
und *«über den Haufen werfen»*

Oft fängts ja mit dem einen an und endet mit dem anderen.

Er sei schon in der Schule ein rotes Buch gewesen.

359 KOLLEGEN UNTER SICH

Etwas ist ein rotes Tuch

Sah bestimmt speziell aus, bezieht sich aber eher nicht auf Menschen, sondern auf Reizthemen, Triggerpunkte.

Da ist mir der Deckel runter.

360 GRAZIA

… der *Laden* …

Deckel oder Laden, beides liegt ja nicht so weit auseinander. Stammt wohl aus dem Bereich des Handels und bezieht sich auf ein gescheitertes Vorhaben.

Jenseits von wohl oder übel

361 MENSCHEN IM ZUG

Kombi von *«jenseits von Gut und Böse»*
und *«wohl oder übel»*

Mit dem zum geflügelten Wort gewordenen Buchtitel «Jenseits von Gut und Böse» meinte Friedrich Nietzsche nicht eine unmoralische Lebensweise, sondern ein Leben aufgrund einer höheren Moral, die sich nicht mit simplen Unterscheidungen wie jener zwischen Gut und Böse begnügt.

Ich wurde komplett ins nasse Wasser geworfen.

362 FABIEN, DER SNOWBOARDER

… ins *kalte* Wasser …

Eigentlich immer nass, das Wasser …

Sie redet ohne Strich und Komma.

363 PAOLA

… ohne *Punkt* …

Ein Komma kann man wenigstens noch betonen – aber wie hört sich ein Strich an?

Ich wurde zur Kasse gezogen.

364 ANDI, DER BRUDER

… *gebeten*

Die etwas brachialere Variante, wenn man für etwas geradestehen muss.

Ich möchte dem Publikum ein Kränzchen widmen.

365 BLANCA, DIE AUTORIN

… *winden*

Zum Abschluss vielleicht noch etwas vorsingen? Das wäre doch schön.

Kafi vo geschter

366 PAOLA

Kombi von *«chalte Kafi»*
und *«Schnee vo geschter»*

Wunderschöne Verknappung – und klare Ansage, dass etwas nicht mehr aktuell ist.

Bei den Scientologen muss man schampar aufpassen – die wollen einem Salz in die Augen streuen.

367 URS, DER NACHBAR

… *Sand* in die Augen …

Lieber Salz in der Suppe als Sand in den Augen, oder?

Sie lebt auf hohem Schuh.

368 MARIETTA, DIE FREUNDIN

… auf *grossem Fuss*

Für Marietta trifft der «hohe Schuh» zwar tatsächlich zu. Die Redewendung bezieht sich aber auf Menschen mit luxuriösem Lebensstil und stammt aus dem alten Rom, wo wohlhabende Bürger oft Sandalen mit dicken Sohlen trugen, um sich von der breiten Masse abzuheben. Diese Sohlen wurden auch als «grosse Füsse» bezeichnet.

Er lebt auf ihrem Fuss.

369 MARIETTA, DIE FREUNDIN

Kombi von *«auf grossem Fuss»* und *«auf ihre Kosten»*

Autsch! Das tut weh …

Marmor, Bein und Eisen bricht.

370 MENSCHEN IM ZUG

… *Stein* und Eisen …

Das Lied von Drafi Deutscher ist längst auch eine Art Redewendung und darf an keinem Oktoberfest fehlen. Und stimmt, Bein bricht um einiges schneller als Stein.

Den Mutigen gehört das Geld.

371 KARIN, DIE LADENBESITZERIN

… die *Welt*

Wieder mal bei Karl Marx in «Das Kapital» nachlesen, wem das Geld tatsächlich gehört.

Sie hed ne übers Ohr zoge.

372 LEA VOM SRF

Kombi von *«über den Tisch ziehen»* und *«übers Ohr hauen»*

Erstere Redewendung, «jemanden über den Tisch ziehen», kommt aus Bayern und geht zurück auf das «Fingerhakeln», eine Art Kraftsport, bei dem die Gegner einander gegenübersitzen, sich mit den Mittelfingern einhaken und versuchen, den Kontrahenten zu sich herüber, also über den Tisch, zu ziehen.

Si het öppis im Chaschte.

373 TOBI VOM SRF

Etwas auf dem Kasten haben

Der Bezug auf den Kasten stammt aus dem Mittelalter. Beim Gehirn sprach man vom «Hirnkasten», der mit Wissen befüllt wird. Wenn es nur so einfach wäre …

Dass sie jetzt den Hut ziehen, ist für mich nicht überraschend.

374 MAURO, DER POLITIKER

… den Hut *nehmen* …

Natürlich geht beides: ziehen wie nehmen. Aber wenn man von einem Amt zurücktritt, dann nimmt man ihn, den Hut.

Die letzten Marokkaner

375 THOMAS, DER POLITIKER IN DER SENDUNG «ARENA»

… *Mohikaner*

Wegen James Fenimore Coopers Roman «Der letzte Mohikaner» sind es nun mal die Mohikaner, die bis heute als Synonym für die Letzten in einer Reihe herhalten müssen, die Nachzügler, die Aussterbenden – oder die letzte Redewendung in einem Buch wie diesem.

Beifang

So manches wurde mir zugetragen – darunter auch viele Nicht-Redewendungen. Vieles davon zu gut aber, um nicht festgehalten zu werden. Et voilà!

Torschusspanik

376 GRAZIA

Torschlusspanik

Die Angst der Stürmer? Oder der Fans hinter dem Tor? Was ein einziger fehlender Buchstabe doch verändern kann …

Torpanik-Schlussangst

377 GRAZIA

Siehe oben

Das Ganze einmal geschüttelt, nicht gerührt … kein Zufallstreffer, aber nah dran.

Dure bi Grüen

378 GRAZIA

… *Rot*

Ob Grün oder Rot, egal …

Pechpilz

379 DIRK, DER HOLLÄNDER

Kombi von *«Glückspilz»* und *«Pechvogel»*

Sehr seltene Spezies: ein Wort – zwei Fehler. Und einfach nur herrlich.

Jonas geht wahnsinnig gerne in den Gewalt-kindergarten – und das bei jedem Wetter.

380 MENSCHEN IM ZUG

... den *Waldkindergarten* ...

Da hat allenfalls die Erfahrung ein bisschen reingepfuscht und die Bezeichnung ein Stück näher zur Realität gerückt, wer weiss ...

Coachtomatoe

381 PASCALE, DIE RADIO-FRAU

Coachpotatoe

Auch bei Fremdwörtern kann man danebenliegen, nicht nur bei Redewendungen.

Er resistiert im Hotel.

382 PASCALE, DIE RADIO-FRAU

Er *residiert* …

Verbarrikadierte Resistance im Hotel? Scheint nicht ganz so kriegerisch gewesen zu sein.

Er hat 24 Stunden um die Uhr geöffnet.

383 TV-MANN

Kombi aus *«rund um die Uhr»* und *«24 Stunden am Tag»*

Scheint jedenfalls dauernd offen zu sein.

Christian Jott Jenny ist Gemeindepräsident von St. Moritz und ein talentierter Tumor.

384 CORNELIA, TV-MODERATORIN AM ZÜRCHER SECHSELÄUTEN

… *Tenor*

Selbst der ansonsten überaus selbstironische Gemeindepräsident und Tenor geriet bei dieser Live-Anmoderation für ein paar Sekunden etwas aus der Spur – und das Gesicht der TV-Moderatorin schlug kurz Purzelbäume. Keiner gehört? Doch.

Sie stechen die Leute am Massenmeter ab.

385 MAURI, DER BANKER

… am *Laufmeter* …

Meine Güte, worum ging es da wohl …?! Der Laufmeter ist eine Masseinheit, die vor allem dort verwendet wird, wo die Breite gesetzt ist und es bloss noch um die Länge geht.

Ich kann meine Änderung ja noch meinen.

386 LOU, DIE WAFFENSYSTEMOFFIZIERIN

… meine *Meinung* ja noch *ändern*

Ein ziemliches Durcheinander, aber man verstehts ja trotzdem.

Die Lerche von Paris

387 PAOLA

Der Spatz von Avignon – die Sängerin Mireille Mathieu

Ein Vogel und eine französische Stadt – und fertig ist die Chansonnière.

Ich war eigentlich nie so der Beatles-Fan, aber Joe Lemmons «Imagine» ist halt schon sehr schön. Seine Frau, diese Yoko Bono, fand ich hingegen ein total durchtriebenes Weibsstück.

388 SENIOR IM ZUG

… *John Lennon* … *Yoko Ono* …

Ja, wo soll man da bloss anfangen mit Aufräumen …

Gemeinratsecken

389 «20 MINUTEN» ÜBER JUSTIN BIEBER

Geheimratsecken

Gemeint ist damit der Haarausfall am Haaransatz über den Schläfen eines Mannes. Und Geheimrat deshalb, weil dieser Titel Ratgebern und Vertrauten von Fürsten bis ins 20. Jahrhundert vergeben wurde – zumeist ältere Herren mit etwas gelichtetem Haar an den Seiten. Der Titel ist verschwunden, die Bezeichnung geblieben. Und Justin Bieber hat seine «wegzaubern» lassen.

Eine gute Grundlage ist die Voraussetzung für eine solide Basis.

390 FRANK, DER ZEICHNER

Es gibt Sätze, die sollte man einfach wirken lassen

Aus der Kategorie «Wie selbst Banales krass klug klingt».

Ich habe Angst vor Erbrechern.

391 NADIA, DAS PATENKIND

… Angst vor *Verbrechern* oder *Einbrechern*

Die steigen in eine Wohnung ein und übergeben sich dort aufs Sofa?!

Sie ist halt sehr feinhäutig und recht unter seiner Faust.

392 LIVIA, DAS PATENKIND

Kombi von *«dünnhäutig»*
und *«unter dem Hammer»*

Da hoffen wir einfach mal, dass er «der Hammer» ist, ohne die Faust einzusetzen.

Das war ein guter Schuhöffner.

393 JOEL, DER MODERATOR

… *Türöffner*

Aus der Rubrik «Knapp daneben ist auch vorbei».

Das ist doch alles bloss Spiegelwischerei.

394 RADIO-TALKGAST

… Augenwischerei

Auch ein Spiegel will poliert sein. Augenwischerei hingegen steht für Irreführung, Vernebelung, Schwindel halt.

Ich kann es nicht garantieren,
ich habs nur aus dem Augenwinkel gehört.

395 AUGENZEUGE AUF TELE ZÜRI

… gesehen

Ja, das ist so eine Sache, wenn man etwas nur vom Hörensagen weiss.

Es ist auch eine schöne Wertschöpfung
uns Garagisten gegenüber.

396 MORGENGAST AUF RADIO SRF 1

… schöne *Wertschätzung* …

Hauptsache, Beachtung – und gerne noch ein bisschen Geld dazu.

Gynäkolleg

397 CHARLES, DER BARKEEPER

Gynäkologe

Falls der Gynäkologe tatsächlich auch ein Kollege ist …?

Ich hatte Hüft-
schmerzen – die
Ärzte haben mich
von oben bis unten
durchsucht …

398 BERNADETTE, DIE VERMIETERIN

… *untersucht*

Knapp daneben – und schon ist man mitten in einer Polizeikontrolle.

Wir hatten quasi eine Mélange-à-trois.

399 PROTAGONISTIN EINER SRF-DOK-SENDUNG

... *Ménage*-à-trois

Wenn die Dreiecksbeziehung zur Verschmelzung wird ... auch ganz schön, vielleicht.

Es chliises Geburtstags-Ständerli.

400 TERESA, DIE ITALIENERIN

... Geburtstags-*Ständli*

War da der Wunsch Vater des Gedankens?

Über sieben Rücken sollst du gehn.

401 MENSCHEN IM ZUG

... sieben *Brücken musst* ...

Nur ein Versprecher oder eine mutwillige Verunglimpfung des Karat-Songs «Über sieben Brücken musst du gehn», der erst mit Peter Maffays Version so richtig berühmt wurde ...?

Tuet guet, so e Chopf-Leerete.

402 PAOLA

... *Chropf*-Leerete

Auch den Kopf kann man leeren, aber wenn man sich etwas von der Seele redet und den Ärger nicht herunterschluckt, leert man den Kropf.

Es wissen viele nicht, dass man mit Whatsapp seinen Standpunkt teilen kann.

403 GRAZIA

... seinen *Standort* ...

Man kann durchaus auch Standpunkte teilen auf dieser Plattform – aber gemeint war ganz lapidar der Standort.

Es ist kein Wunder, dass die Indianer in diesen Reservoirs alle Alkoholiker werden.

404 ÄLTERE DAME BEIM KAFICHRÄNZLI

... diesen *Reservaten* ...

Ob Reservoir oder Reservat, klingt ja fast gleich ...

Er zeigt sich betrübt über den Tod des Milliardärsserben.

405 «20 MINUTEN»-TEXT

... *Milliardärserben*

Ein S zu viel oder zu wenig kann einen beträchtlichen Unterschied machen.

Show ab!

406 MARCO VOM TV

Film ab!

Wieso eigentlich nicht – Hauptsache, es geht los.

*Ich glaube nicht,
dass dieser Spray
gefährlich ist,
es sind ja bloss
hysterische Öle.*

407 MENSCHEN IM ZUG

…*ätherische* Öle

Mag sein, aber die hysterischen würden wohl deutlich weniger entspannend wirken.

Ausserdem verfügt er über ein grosses Beziehungsnest.

408 RADIO-MODERATOR

... *Beziehungsnetz*

Vielleicht etwas schlüpfrig gedacht, wenn man aufgrund des Versprechers Rückschlüsse zieht, wie besagtes Beziehungsnetz aufgebaut wurde ...

Das neue Pop-up-Restaurant befindet sich vor Andermatt, grad beim Swarovski-Denkmal.

409 MENSCHEN IM ZUG

... *Suworow*-Denkmal

Nein, mit Glitzerschmuck hat das Denkmal für den russischen General Alexander Suworow in der Schöllenenschlucht nichts zu tun, auch wenn es ähnlich klingt.

Ich habe halt keine Rückenhilfe.

410 BERNADETTE, DIE VERMIETERIN

Kombi aus *«Rückendeckung»* und *«Schützenhilfe»*

Keinen Rückenpanzer vielleicht? Da fühlt sich jemand nicht so beschützt.

Auch der Stadtpräsident von Biel war sich einig.

411 KORRESPONDENT SRF-«REGIONALJOURNAL»

... *die Stadtregierung* ...

Klassischer Fall von dissoziativer Identitätsstörung, die da jemandem angedichtet wird. Immer diese Medien ...

Da bin ich noch lange konkursfähig.

412 MORGENGAST AUF RADIO SRF 1

... *konkurrenzfähig*

Das vielleicht auch, aber primär war wohl doch etwas anderes gemeint.

Eigenartig, dass ich das nicht sofort begriffen habe, denn eigentlich bin ich ziemlich lehrreich.

413 MENSCHEN IM ZUG

... *lernfähig*

Da war eine gesunde Portion Selbstbewusstsein mit im Spiel, definitiv.

Was mussten wir lachen – er ist halt schon ein Unikat.

414 FAN VON FRANK BAUMANN

... *Unikum*

Von einem Unikat spricht man bei Gegenständen, von einem Unikum bei Personen, die in ihrer Art etwas Besonderes sind.

Unsere Firma ist in der Regel sehr kopulant!

415 MENSCHEN IM ZUG

... *kulant*

Scheint eine vorbildliche Unternehmenskultur zu sein. Und Entgegenkommen und Kulanz sind durchaus schöne Charakterzüge – es muss ja nicht immer gleich bis zur Kopulation kommen.

Die Kinder ihrer Nachbarin gehen in den Mussolini-Kindergarten.

416 KARIN, DIE NACHBARIN

... *Montessori*-Kindergarten

Unter Mussolini gabs damals im faschistischen Italien vielleicht auch einen, aber wir bevorzugen doch bitte jenen von Maria Montessori.

Das Bild ist deshalb so toll geworden, weil er eine Langzeitbeleuchtung angewendet hat.

417 MENSCHEN IM ZUG

... eine *Langzeitbelichtung* ...

Es geht ja in dieselbe Richtung. Wer soll sich in digital-automatischen Zeiten denn noch mit Langzeitbelichtungen auskennen ...

Der verstreute Professor

418 STÉPHANIE, DIE INNENDESIGNERIN

... *zerstreute* Professor

Ja, die Vorsilbe macht den Unterschied zwischen sympathischer Schusseligkeit und schrecklichem Verbrechen.

Sie hapern mit ihrem Schicksal.

419 SENIORINNEN UNTER SICH

Sie *hadern* ...

Und manchmal haperts ja durchaus ein bisschen mit dem Schicksal ...

Pass auf, in Ufernähe ist es ziemlich heimtürkisch.

420 DER BOOTSFAHRLEHRER

... *heimtückisch*

Was auch immer sich in Ufernähe gerade abspielt, wir wissen es nicht. Eine Gefahr könnte allerdings darin bestehen, dass eine solche Formulierung heutzutage als politisch unkorrekt missverstanden werden könnte.

Und dann sahen wir eine spektakuläre Vatermorgana.

421 MENSCHEN IM ZUG

... Fata Morgana

Fata Morgana, eigentlich «Fee Morgana», stammt aus dem Italienischen. Diese Figur aus der mittelalterlichen Sagenwelt wohnte auf einer unerreichbaren Insel, bei der es sich nur um Luftspiegelungen handelte.

Er hat wahnsinnige Muskeln – aber ich glaube, das liegt an den Asteroiden.

422 MENSCHEN IM ZUG

... Steroiden

Für die vielen Muskeln sind eher nicht die Kometen verantwortlich...

Sie hat dauernd ihren Alten im Schleppseil.

423 FREUNDINNEN UNTER SICH

... Schlepptau

Man versteht, was gemeint ist – das Teil ist aber eigentlich eine Landehilfe für Heissluftballone.

Er ist ein kompletter Ergomane.

424 FREUNDE UNTER SICH

... Egomane

Eine Mischung zwischen Ergometer und Kleptomane vielleicht? Nein, einfach ein Buchstabe zu viel.

Soll man Schlafwanderer ansprechen?

425 MENSCHEN IM ZUG

… *Schlafwandler* …

Vielleicht die professionelle Steigerungsstufe von Schlafwandlern: die Schlafwanderer? Ansprechen sollte man wohl beide eher nicht.

Er ist ein wichtiger Steakholder.

426 MARC, CEO EINES GROSSEN MEDIENUNTERNEHMENS

... *Stakeholder*

Steht er am Grill? Oder handelt es sich vielleicht doch eher um eine relevante Person des Unternehmens? Immer diese neudeutschen Ausdrücke!

Ich bin ihm auf den Stachel getreten.

427 GRAZIA

... auf den *Schwanz* ...

Nicht so vulgär, wie es klingen mag – stammt vermutlich von all den aufjaulenden Katzen, denen schon auf denselben getreten wurde.

Meine Tochter liest klangheimlich unter der Bettdecke.

428 FREUNDINNEN UNTER SICH

... *klammheimlich* ...

Hauptsache, sie liest – ob heimlich oder von Klängen begleitet.

Ich könnte ja unter die Strasse kommen!

429 PAOLA

... *unters Auto* ...

Noch heftiger, oder?

Der einzige Wehmutstropfen

430 PHILIPP VOM SRF

… Wermutstropfen

Klingt fast poetischer, stammt aber vom Wermutkraut, einer Pflanze mit vielen Bitterstoffen. Man spricht von Wermutstropfen, wenn eine Kleinigkeit den positiven Gesamteindruck von etwas beeinträchtigt.

Da muss ich nochmals nachhacken.

431 SIRAYA, DIE MITARBEITERIN

… nachhaken

Ein simples c macht den Unterschied zwischen nettem Nachfragen und rabiater Holzfällerattacke.

Netflixbus

432 PAOLA

Flixbus

Mit oder ohne Netflix im Flixbus unterwegs …

Durch die verhängnisverhütende Pille werden Katzen und Hunde träge.

433 MEDIZINISCHER EXPERTE BEIM REGIONALSENDER

… empfängnisverhütende Pille …

Eine «verhängnisverhütende Pille» wäre vielleicht auch nicht schlecht.

Unglaublich, wie sie sich wieder aufgeraffelt hat!

434 SILVANO, DER ANDERE IT-FACHMANN

…*aufgerappelt*…

Heute verwenden wir halt häufiger «aufraffen» als «aufrappeln», da ist die Raffel natürlich nicht weit.

Er trägt am liebsten detaillierte Hemden.

435 STÜBER, DER NACHBAR

... *taillierte* Hemden

Bei den taillierten Hemden sieht man tatsächlich jedes Detail, insofern gar nicht so falsch.

Zellprecher oder Pechzeller?

436 GRAZIA

Zechpreller

Weder noch, liebe Grazia – ein Zechpreller ist einer, der im Gasthaus nicht bezahlt, also den Wirt um die Zeche prellt.

Zusammen unter ein Haus ziehen

437 GABY, DIE VERLEGERIN

Kombi aus *«in ein Haus»* und *«unter ein Dach»*

Falsche Bescheidenheit oder eine Vorliebe fürs Souterrain? Nur die Verlegerin kennt die Antwort.

Der Garten ist total verwest.

438 GRAZIA

... *verwaist*

Verwaist würde es ja auch tun für einen verwunschenen Garten – scheint aber ein besonders übles Exemplar gewesen zu sein.

Der ist stockreich.

439 MENSCHEN IM ZUG

Mix von *«steinreich»*, *«stinkreich»* und *«stocknüchtern»*

Ein nicht trinkender Reicher also.

Altgesotten

440 PASCALE, DIE RADIO-FRAU

Kombi aus *«hartgesotten»*
und *«altbacken»*

Ein harter Alter oder ein altväterischer Gebackener?

Man sah bis ganz nach hinten ins Vrenelisgrätli!

441 SENIOREN IM ZUG

... *Vrenelisgärtli*

Wie schnell aus dem sagenumwobenen Gipfel (2905 Meter) im Glärnischmassiv doch eine Fischgräte werden kann ...

Die Indianer fesselten ihre Feinde jeweils an den Marderpfahl.

442 KINDER IM QUARTIER

... *Marterpfahl*

Nein, die Marder haben damit absolut nichts zu tun. Die beissen, aber sie martern nicht.

Wenigstens ein kleiner Hoffnungsschimmel

443 MENSCHEN IM ZUG

... *Hoffnungsschimmer*

Ein kleinwüchsiges weisses Pferd am Horizont irritiert doch eher, als dass da Hoffnung aufkäme ...

Strichschluss

444 GRAZIA

Schlussstrich

Nahe dran, Grazia!

DANK

Am Anfang war es bloss ein Sammeln und Eintippen ins Handy. Hie und da gab man mal ein paar Müsterli von Neuschöpfungen zum Besten und merkte, dass sich das Publikum sofort getriggert fühlte und viele oft Mühe hatten, die Originalversion zu eruieren. «Was machst du eigentlich mal damit?», fragte dann irgendwann jemand, als es schon über hundert waren. Schulterzucken, weiss nicht, vielleicht mal eine kleine Sammlung? Und hier ist sie!

Dies vor allem dank meiner Lebenspartnerin Paola, die nicht nur immer wieder gepusht hat, sondern auch zu den «Big Five» gehört, von denen ich die meisten verhauenen Redewendungen aufschnappte. Sie ist halt etwas gar nah, um unbemerkt damit durchzukommen.

Gaby, die Verlegerin dieses Buches, und Frank Baumann sind nicht nur zwei grossartige Menschen und Lebensfreunde, sondern waren als Wortakrobaten ebenfalls sofort angesteckt von der Jagd nach neuen Konstruktionen. Während Gaby selber einige herrliche Beispiele beisteuerte, fungierte Frank als Sammler, zu Hause, im Zug, unterwegs, im Leben. Und nicht zuletzt – mit seinem siebenjährigen Ich – als grossartiger Illustrator!

Die Sammlung begann mit Grazia – und sie soll auch mit ihr enden: Vielen herzlichen Dank für all die spektakulären Neuschöpfungen, liebe Grazia. Du hast mir und hoffentlich auch vielen anderen Menschen damit Freude bereitet.

Und ein Dankeschön letztlich auch Ihnen, liebe Leserinnen und Leser, dass Sie sich auf das Abenteuer mit den Redewendungen und Sprichwörtern eingelassen haben. Wer weiss, vielleicht ertappen Sie sich oder Ihre Liebsten gelegentlich ja auch bei der einen oder anderen schrägen Wendung? Dann zögern Sie bitte nicht, mir diese zu schicken: elefant@woerterseh.ch. Die originellsten verdienen es, festgehalten zu werden.

Ich meinerseits mache mich nun mal vom Feld, pardon, vom Acker natürlich …

Edi Estermann

EDI ESTERMANN, geb. 1964, war journalistisch tätig, bevor er bei Ringier in mehreren Kaderfunktionen unter anderem auch für die interne und externe Kommunikation des Medienunternehmens verantwortlich war. Im Oktober 2017 trat er die Stelle als Sprecher und Berater des damaligen SRG-Generaldirektors Gilles Marchand an. Ende 2024 übernahm er die Kommunikationsarbeit für den in der Schweiz stattfindenden Eurovision Song Contest (ESC) 2025. Edi Estermann lebt mit seiner Partnerin in Wallisellen.

FRANK BAUMANN, geb. 1957, machte sich als Radio- und Fernsehmoderator sowie x-fach preisgekrönter Werber und TV-Produzent einen Namen. Für Wörterseh schrieb und illustrierte er bereits diverse Bestseller. Für Kein & Aber fotografierte das Multitalent das knifflige Bilder-Rätselbuch «Was stimmt hier nicht? – Finde die sieben Unterschiede», das im Frühling 2020 zur Nummer eins der Amazon-Bestsellerliste avancierte. Frank Baumann lebt am Zürichsee und in den Bündner Bergen.

Angaben gemäss General Product Safety Regulations (GPSR) –
EU-Verordnung über die allgemeine Produktsicherheit, gültig seit 13. Dezember 2024

Ansprechpartner:
Wörterseh GmbH
Herrengasse 3
CH-8853 Lachen SZ
verlag@woerterseh.ch

Verlagsauslieferung EU:
Brockhaus Kommissionsgeschäft GmbH
Kreidlerstraße 9
D-70806 Kornwestheim
info@brocom.de

Sicherheitshinweis entsprechend Artikel 9 Absatz 7 Satz 2 der GPSR entbehrlich.